사람이 살지 않는 곳에도 길은 있다

지현 지음

길은 멀지만 가까이에 있다.
늘 저기 있고 여기 있다.
숨어 있는 어떤 길을 우리는 찾아가고,
또 찾아가고 있을 뿐이다……

아름다운 인연

사람이
살지 않는 곳에도
길은 있다

적막을 깨뜨리는 새벽 추녀 끝의 풍경 소리
그 풍경 소리가 더욱더
또 다른 깊은 적막을 불러오고 있음을 그대는 아는가.
사문의 깊은 하해(河海)와도 같고,
그 하해 끝에 알게 모르게 끝없이 펼쳐져 있는
모래사장 같은 것이다.
거기 모래사장 한가운데 홀로 가만히 서서
사시사철 허공을 가르며
떼 지어 나는 철새들의 울음소리를 들어 보아라.

- 아득함을 좇아가면, 그리하면 더욱더 아득하리라….

먼 어느 날 저녁의
선시(禪詩)의 한 구절처럼,
꽃이 다 져 가고 봄이 다 가기 시작하고
여름이 저기서 가까이 다가오고 있는 이 계절에,
가슴속이 아득하다.
많은 것을 알고 접하고, 또한 새김질하면 무엇하랴.

그리운 도반 가운데 한 사람인 만휴 스님은

아직도 어느 알지 못할 산골짜기에서 도토리나 주워 먹고

칡뿌리나 캐어 먹으며 오늘도 이 하계(下界)를

내려다보고 있을지 모르겠다.

그가 아직도 그러한지,

아니면 훌쩍 이승을 떠나 망망한 저 천공(天空)의 어느 한가운데

스스로의, 자기의 성숙한 별자리를 찾아 머물고 있을지,

또한 모르고 모르겠다.

나는 아무에게도 감사하지 않겠다.

눈물겹게도 나는 그러한 감사를 또한 받아들이지 않겠다.

적막을 깨뜨리는 새벽 추녀 끝의 풍경 소리.

추적추적 궂은비가 내리는 이 새벽에,

앞에 놓인 조그만 찻잔이 문득 멀어져 보이고 애잔스럽네.

정해년 늦은 봄

淸凉山 尋牛室에서 **지현** 삼가.

사람이 있는 풍경

끝없는 이야기

사람이 살지 않는 곳에도 길은 있다

생의 한 순간

사람이 있는 풍경

80대 노보살님께서 **부처님**을 향해

절하시는 모습이 말할 수 없이 아름답고,

말로는 표현할 수 없는 **그리움**을 담고 있어서였을 것입니다.

석가모니부처님의 말씀이
우리에게 곧 등대가 아닌가.
우리는 그 등대를 의지하여 가고 있는 게 아닌가.

팔십 노보살님의 삼천배

 입재식이 있는 날이었다. 매월 셋째 주 토요일은 우리 절 철야정진이 있는 날이다. 저녁예불이 시작되기도 전에 산사의 어둠은 짙어만 간다. 서두르지 않으면 오후 다섯 시만 되어도 어둠이 밀려와, 절에 오르는 이들의 발걸음이 염려된다. 특히 노보살님들의 모습을 뵐 때면 더욱 그러하다.

이번 철야정진에는 아랫마을에 사시는 80대 노보살님이 동참하셨다. 어슴푸레 저녁 무렵 엎드리다시피 힘겹게 걸어오시는 보살님의 모습을 뵈니, 오르기 사나운 곳에 청량사가 자리해 있다는 사실이 송구스러울 뿐이었다.

철야정진 입재식과 함께 동참하신 분들의 삼천배 정진은 시작되었다. 밤이 깊어 갈수록 동참자들의 간절한 염원으로 약사여래부처님의 상호는 유난히 온화하다. 그 가운데 쉬지 않고 꾸준히 절을 하시는 노보살님의 모습이 눈에 띄었다. 절하시는 모습이 내내 힘들어 보였으나 보살님은 쉬지 않으셨고, 그 모습을 지켜보던 나는 가슴이 뭉클해졌다.

참으로 오랜만에 대하는 가슴 찡한 모습이었다. 마음이 아파서가 아니었다. 측은하게 느껴져서는 더더욱 아니었다. 80대 노보살님께서 부처님을 향해 절하시는 모습이 말할 수 없이 아름답고, 말로는 표현할 수 없는 그리움을 담고 있어서였을 것이다.

맞다. 그 모습에 깃들어 있는 아름다움과 그리움 때문이었다.

오늘 아침, 삼천배를 마치고 법당 문을 나서는 노보살님의 몸은 몹시 힘겨워 보였지만 발갛게 상기된 얼굴에는 미소가 가득했다. 그 모습을 지켜보던 나는 얼른 가서 보살님의 두 손을 꼬옥 잡아드렸다. 보살님은 환희에 찬 모습으로 말씀을 이으셨다.

"스님, 제가 이번에 마음먹고 절에 올라왔습니다. 죽기 전에 청량사 약사여래부처님과 지장보살님 앞에서 삼천배를 해 보는 것이 원이었는데, 이번에 그 원을 이뤘어요. 이렇게 기쁠 수가 없습니다. 내 죽기 전에는 약사여래부처님이 돌봐주실 것이고, 죽고 나면 지장보살님이 거둬주실 것 같아 마음이 이리도 편할 수 없습니다. 스님, 감사합니다."

80대 노보살님께서 부처님을 향해
절하시는 모습이 말할 수 없이 아름답고,
말로는 표현할 수 없는 그리움을 담고 있어서였을 것이다.

　　나는 보살님의 두 손을 꼭 잡으며, 마음 속 깊이 그분의 건강을 빌어 드렸다. 아름다운 모습으로 돌아가기를 염원하시는 그분의 마음을 깊이 헤아리면서, 두 팔을 넓게 펼쳐 꼭 안아 드렸다. 어쩌면 내가 보살님을 보듬어 드린 것이 아니고, 보살님이 나를 보듬어주셨는지도 모른다.

　　"보살님…… 부디 오래도록 건강하시어, 언제나 부처님의 가피 속에 행복하시길 기원합니다."

14년 만에 받은 남편의 작은 선물

"스님!"

심우실 밖에서 낯익은 음성이 들렸다. 잠시 후 문을 열고 들어온 이는 참으로 오랜만에 만나는 우리 절 신도 여래장 보살이었다. 결혼한 지 14년째 되는 여래장 보살은 내내 결혼생활에 힘들어했었고, 결혼을 후회한다는 이야기를 많이 했었다. 그런 보살이 오늘은 무슨 일인지 무척 편안한 얼굴에 한층 밝아진 모습으로 청량사 참배 길에 나선 것이다. 오랜만에 찾아온 보살을 반갑게 맞이하고, 국화차 한 잔을 내어주었다.

"스님! 시들었다 생각했던 국화를 따스한 물에 띄워주니 다시 활짝 피었네요. 찻잔 속 국화꽃이 너무도 아름답습니다. 차 맛도 아주 향기롭고요."

  보살은 아주 어려서 부모를 잃고 고아로 외롭게 자란 탓에 늘 다복한 가족이 그리웠다. 그래서 배우자를 선택하는 데도 항상 그런 부분을 염두에 두었지만, 부부의 연을 맺게 된 지금의 남편 역시 외롭게 자란 고아였다. 결혼 당시에는 모든 것을 이해할 수 있었고 서로 사랑했지만, 세월이 흐를수록 보살은 남편에 대한 불만이 쌓여 갔다. 작은 기업체의 수위 일을 하고 있는 남편의 적은 월급으로 아이 둘을 키우며 아등바등 살다 보니, 남편에 대한 사랑과 존경심보다는 미움과 원망의 싹만 커져 가고 있었던 것이다.

  무뚝뚝한 남편에게는 따스한 말 한마디 듣기가 어려웠고, 아끼지 않고는 살기가 힘든 월급이었기에 지금까지 남은 것은 한숨뿐이었다. 초등학교에 다니는 아이 둘을 키우면서 한 번도 자신을 위해 투자할 여유가 없었다. 남편에게도 차비 이외의 여윳돈을 줄 형편이 못 되었다. 그래서 남편의 출근 복장은 운동화에 남색 면바지, 그리고 간단한 면 티셔츠가 전부였다. 운동화를 즐겨 신는 남편은 유난히도 신발이 빨리 닳았고, 신발을 다시 사야 할 때마다 보살은 남편에게 언짢은 모습으로 짜증을 내기도 했다.

  결혼한 지 14년째. 어느 날 퇴근한 남편의 손에는 작은 선물 꾸러

 사람이 살지 않는 곳에도 길은 있다

미가 들려 있었다. 아내가 그 선물을 보고 있음을 눈치 챈 남편은 무뚝뚝한 표정으로 그것을 휙 던지며 "얼른 밥이나 먹읍시다" 하고는 곧장 방으로 들어가버렸다. 아내는 '이게 대체 뭘까' 궁금했지만 정성스레 포장된 선물을 보니 뜯어 보기도 아까운 생각이 들었다. 아내는 남편의 저녁 식사를 준비한 뒤, 조용히 방으로 들어가 조심스레 선물을 풀어 보았다.

포장지가 열리는 순간, 아내는 한참을 멍하니 앉아 있을 수밖에 없었다. 그 안에는 화사한 핑크빛 잠옷이 들어 있었다. 무뚝뚝하기만 한 남편의 사랑이 그대로 전달되는 듯 정말 행복한 순간이었다. 하지만 즐거움과 기쁨도 잠시. '무슨 돈으로 이렇게 귀한 선물을 샀을까?' 하는 생각에 마음이 무겁기만 하였다. 아내가 의아해하는 것을 알면서도 남편은 아무 말 하지 않았다. 그의 과묵함은 결혼 후 지금까지 변한 적이 없으므로 아내 역시 궁금해도 되묻지 않았다. 이제는 오히려 남편의 그런 모습에 익숙해져 있는 것 같았다.

14년 만에 받아 보는 남편의 갑작스러운 선물 덕분에 아내는 말로다 표현하기 힘든 감동 속에서 하루를 보내고, 무뚝뚝한 남편이 부끄럽게 내민 선물의 의미를 즐겁게 받아들이기로 마음먹었다.

다음 날, 아내는 베란다에 서서 출근하는 남편의 뒷모습을 한참 동안 바라보았다. 그런데 이상하게도 남편은 버스 정류장 쪽으로 가

당신에게 늘 무뚝뚝한 남편이지만
당신을 사랑하는 마음은
단 한 번도 변한 적이 없다오.

지 않고 다른 길로 가고 있었다. 아내는 퇴근하고 돌아온 남편에게 물었다.

"아침에 당신 출근하는 모습을 보니, 버스 정류장 쪽으로 가지 않고 다른 길로 가던데……. 어디 들렀다 간 거예요?"

남편은 아무 대답도 하지 않았다. 어찌되었든 선물의 의미를 즐겁게 받아들이기로 했던 아내는 남편의 그런 모습에 또다시 설움이 밀려들었다. 눈물을 삼키며 돌아앉으려는 순간, 남편은 아내의 손을 꼭 잡으며 말했다.

"여보, 14년 동안 나와 자식들 때문에 고생 참 많았소. 넉넉지 않은 살림 살아가느라 얼마나 고생이 많소. 당신에게 늘 무뚝뚝한 남편이지만 당신을 사랑하는 마음은 단 한 번도 변한 적이 없다오. 사실은 당신에게 무엇인가 해주고 싶어서 몇 년 동안 차비를 모아 선물을 준비한 것이라오. 회사는 걸어서 다니기에 충분한 거리에 있으니 걸을 만하고, 내가 아직 건강하니 당신에게 더욱 잘해주고 싶어 준비한 마음의 선물이라오. 나에겐 사랑하는 당신이 있고, 당신에겐 든든한 내가 있고, 우리에겐 귀여운 자식들이 있지 않소. 앞으로 더욱 사랑하면서 행복하게 살았으면 좋겠소. 사랑하는 당신에게 잘해주지 못해 정말 미안하오. 그리고 당신 정말 사랑하오."

남편의 말을 듣는 동안 아내는 하염없이 눈물을 흘렸다. 남편에 대한 미안한 마음 때문에 얼굴을 들 수조차 없었다. 남편이 4km나 되는 거리를 날마다 걸어 다녔다는 사실을 그제야 알게 된 이유는 자신이 결혼 후 한 번도 출근하는 남편을 배웅하지 않았기 때문이었다. 운동화의 수명이 너무 짧다고 짜증을 냈던 것도 자신에 대한 남편의 사랑이 그리 큰 줄 몰랐기 때문이었다. 그동안 남편의 운동화는 아내를 위해, 그리고 사랑하는 아이들을 위해 얼마나 힘들었을까 그러니 그렇게 빨리 닳을 수밖에…….

그 순간, 남편에 대해 불만만 많았던 아내는 생각이 달라졌다. 이제는 남편의 모습이 이 세상 그 누구보다 위대해 보이고, 그 누구보다도 멋있어 보였다.

"스님! 국화차에 띄워져 있는 꽃을 보니 마치 저를 보는 듯합니다. 메말라 있던 꽃잎이 따스한 온기 안에서 아주 예쁘게 피어났습니다. 저 역시 남편의 따스한 말 한마디에 이렇게 변했으니 말입니다. 저는 참 행복한 사람인가 봅니다. 정말 행복합니다."

진정한 사랑을 알게 된 여래장 보살의 환한 모습 속에는 행복이 분명히 존재해 있었다. 사소한 것에 대한 배려와 사랑이 얼마나 소중한 것인지, 작은 일에도 행복을 느끼며 사는 우리가 되었으면 하는 바람이다.

 사람이 살지 않는 곳에도 길은 있다

찻잔에 가을을 담고, 국화 한 송이 살포시 띄우니, 그 향기 참으로
향기롭다.

옹기 짓는 사람들

오늘은 보람이네 가족들이 와서 놀다 갔다. 보람이네는 3대째 우리 전통 옹기를 굽는 가업을 이어 온, 근래 보기 드문 가족이다. 옹기를 하찮다 하여 함부로 여기는 풍토가 있기는 하나, 이제는 우리가 오랫동안 가꾸고 보살피고 어루만져 온 것들을 소중히 여겨야 할 때가 되었다.

요즘은 옹기에 전통 유약 대신 화공약품을 사용한다. 그렇게 만드니 겉은 번지르르해도 옹기의 본령인 숨을 쉬지 못하는 몹쓸 옹기가 되어, 사람들로부터 외면을 받아 온 게 사실이다. 그러나 보람이네는 그렇지가 않다. 가스 가마를 사용하지도 않고, 몇 날 며칠 장작불을 지필 뿐 아니라, 유약 또한 대를 이어 내려온 방식 그대로 직접 만들어 쓴다.

보람이 아빠는 3대째인데, 그의 말을 빌리면 지금도 그렇지만 예전에 할아버지 때는 형편이 더욱 어려웠다고 한다. 끼니조차 이어 가기가 힘들었다는 말이다. 옹기가 잘 팔리지 않아 직접 지게 등짐을 지고 험한 산길을 오르락내리락하면서 이 촌락 저 장터를 내왕하며 팔아 생계를 꾸려 나갔다니, 그 눈물겨운 삶이 오죽했으랴. 옹기가 팔리지 않을 때면 김장독 하나와 쌀 한 됫박을 맞바꾸기도 했을 정도로 생활이 열악했으나, 그들 가족은 그 업을 멈추지 않고 지금껏 이어 오고 있다. 고된 일이지만 그것이 그나마 그들을 지켜주고 또 선대(先代)의 귀한 뜻을 잇는 길이라고 믿어 왔기 때문이다.

옹기는 질박하다. 남을 속이지 않고 업신여기지 않고 울리지 않는 우리네 민중의 숨결처럼 옹기는 순수하고 질박하다. 숨을 들이쉬고 내쉬며 간장, 된장, 고추장을 맛있게 숙성시키는, 우리네 삶에 필요 불가결한, 그야말로 보물이다. 그냥 스쳐 지나갈 물건이 아니다.

"이웃 일본에서는 4대째 내려오는 조그만 대장간 하나를 지키기 위해 대학원까지 나온 아들이 다니던 직장을 그만두고 일을 배우고 있다는 애길 들은 적이 있습니다. 저도 그런 생각으로 가업을 이어 가고 있습니다."

낙엽이 우수수 떨어져 내리는 늦가을 산사의 풍경 속에서 나와 차를 나누며 보람이 아빠는 말했다. 나는 그가 무척 존경스러웠다. 그는 내가 필요로 하는 수련(水蓮) 심는 옹기와 우리 절 다실에서 쓰는 수반 몇 개를 선물로 주고 떠나갔다.

저녁노을을 등에 받고 떠나가는 보람이네 가족을 위해 나는 뜨겁게 합장했다.

섬진강 시인의 편지

스님, 햇차 한 잔 하러 오시지 않으렵니까. 여기는 지금 봄이 물씬 무르익어 가고 있습니다. 여기, 섬진강 어귀에서는 벌써부터 피라미들이 떼 지어 은비늘로 뛰어놀고, 어린 우리 귀여운 꼬마 소녀 학동들도 왠지 모를 설렘으로 허둥대듯 옷고름 입에 물고 오고 가고 오고 가고, 그러고 있습니다.

스님, 초벌차 햇차 한 잔 하러 오십시오. 저희 오두막 청우헌 마루에서 유유히 흘러가는 섬진강 물결을 가만히 바라보면서 한나절 여유를 누려 보는 것도 그 또한 좋지 않을까 합니다. 노오랗게, 숲처럼 무리 지어 있는 산수유꽃들 또한 이곳의 값진 모양새를 보여주며 우리네 곁에 머물고 있습니다. 잉잉거리며 벌들이 날고 있는 산수유 그늘 아래, 봄은 이제 그 마지막 전령을 띄워 보내려 하고 있습니다.

스님, 가야 할 길은 우리네 모두 멀고 험난하다 할지라도, 한번쯤 여유를 부리며 이 봄의 강 언저리를 거닐어 보는 것도 좋지 않을까요. 예쁘게 피어오른 보리 새순을 조금씩 잘라 된장국에 넣어 끓여 후루룩 마시는 맛도 일품이지요. 저녁 연기 가늘게 피어오르는 옆마을 굴뚝을 아스라이 지켜보면서, 강촌의 한적함을 느껴 봄도 그 또한 자그마한 선(禪)이 아닐까요. 발길에 차이고 짓밟히면서도 봄이 되면 다시 살아 나 움트는 잡초처럼, 우리네 민중의 외롭지만 꿋꿋한 삶의 흔적들이 여기 섬진강 언저리 곳곳에서 숨 쉬고 있음을 오늘도 저는 느끼고 있습니다.

스님, 조그만 옥매화 한 뿌리 준비해 놓았습니다. 가지고 가셔서 고이 가꾸시길 바랍니다.

고기를 잡으러 바다로 갈까요
고기를 잡으러 강으로 갈까요

우리 꼬마 아이들이 부르는 노래가 저만치 이곳 산골 분교 쪽에서 들려오고 있습니다. 우리는 혹시 너무 먼 곳만 바라보면서 걸어가고 있지나 않는지요. 가까운 곳에서도 많고 많은 성스러운 '울림'들이 우리를 기다리고 손짓하고 있음을 지나치고 있지나 않는지요.

무등산에 계시던 '의제 허백련' 선생님은 직접 재배하고 가꾼 차를 일러 춘설다(春雪茶)라고 하셨지요. 봄눈이 오는 어느 날 밤 벗과 함께 차를 같이 나누고 싶다는, 그러한 의미가 담겨 있는 것이겠지요. 여기 섬진강 부근의 차밭에선 그것을 일컬어 죽로다(竹露茶)라고 합니다. 대숲에 내리는 새벽 이슬 같은 '여운의 미(美)'를 맛보자고, 그리하여 지은 듯합니다.

스님, 꼭히 한번 내려오셔서 죽로다 한 잔 같이 나누었으면 합니다. 늘 건강하시고, 조만간 뵙기를 기대하면서 오늘 이만 줄이도록 하겠습니다. 스님, 그럼…….

섬진강에서 시를 쓰며 초등학교에서 아이들을 가르치며 무심히 살고 있는 김용택 시인에게서 이런 편지가 왔다. 섬진강, 시인……. 나는 가만히 앉아 그가 보낸 편지를 읽는다. 밖에, 바깥에 부슬부슬 봄비가 내린다. 내리는 봄비를 바라보면서 나는 꿈처럼 피어 있는 그 섬진강 마을의 노오란 산수유꽃을 떠올린다.

스님, 저는 이 조그만 분교에서 2학년 아이 네 명을 가르치고 있습니다. 셋은 머슴애고, 하나는 계집애고, 그렇습니다. 모두들 얼마나

내리는 봄비를 바라보면서
나는 꿈처럼 피어 있는
그 섬진강 마을의 노오란 산수유꽃을 떠올린다.

예쁜지 모르겠습니다. 제가 그 맛에 삽니다……

천진무구한 그의 편지글을 새삼 읽으면서 나는 비 오는 산자락을 내다보고 있다. 봄비는 그냥 그저 그렇게 무심히 내린다. 어린 날 고향의, 옛 마을의 언덕바지에서 송아지 한 마리 고삐를 움켜쥐고 비를 맞으면서 서 있던, 그 머나먼 새카만 추억의 그림자가 떠오르고 떠오른다. 내 언젠간 그 마을의, 깊은 안개 같은 내면의 숲길을 거닐어 볼 것인가. 그리하여 고요히 잠들어 볼 것인가. 모른다, 아직. 그 꿈결 같은 옛날의 그림자를 쫓아 떠나가 볼 것을 그래, 아직은 모른다.

빗방울이 차츰 거세지더니, 이내 후드득후드득 세찬 빗줄기가 창문을 때린다. 조금씩 움이 트기 시작하는 뜨락의 목련, 그 여린 꽃봉오리들에게도 비는 그저 무심히 쏟아지고 있다. 누가 알랴, 저 무심히 쏟아지는 빗방울들의 이야기들을. 모를 것이다, 아무도. 스쳐 지나가는 행인들의 뒷모습처럼, 그저 아무렇지도 않게 지나칠 뿐이다.

고요하다. 고요해서 적막을 부르는 한 소절이 명창 이동백이 부르는 귀곡성(鬼哭聲)처럼 퍼져 오르는 듯하다. 귀신이 우는 소리를 흉내 내면서 마치 귀신처럼 신이 들려 목이 터져라 불러대는 명창 이동백의 소리가 내리는 빗줄기 사이사이로 스며든다. 귀신이 우는 듯한 절묘한 창을 평생토록 토해내던 명창 이동백은 지금 우리 곁에 없다. 그는 멀

사람이 살지 않는 곳에도 길은 있다

리 일찌감치 떠나가버렸다. 한 많은 삶의, 끈적거리는 혼의 절망 같은 아스라한 흔적들을 그냥 남겨 놓은 채 그는 훌쩍 떠나가버렸다.

지금, 봄비가 조금씩 내리다가 차츰 그 빗방울이 후드득후드득 커져 쏟아지는데, 이 하오의 산사에서 내가 명창 이동백의 '소리'를 떠올리고 있는 것은 어떤 연유에서일까. 그냥 훌쩍 스쳐가는 하나의 낮꿈처럼 그저 그러했음일까.

섬진강 어느 조그만 마을에 살고 있는 김용택 시인을 한번 만나러 갈까. 그가 얘기한 이 봄의 한차를 나누러 갈까. 봄비가 내린다. 봄이 오는 소리, 봄이 성큼 다가와 우리네 가슴을 적시는 봄비가 산사의 늦은 하오의 뜨락을 적시고 적신다. 때 묻지 않은 듯한 시인 김용택과 함께 차를 나누면서 깊이 흘러가는 강물 소리를 밤늦도록 들어나 볼까.

야생의 계절

 멀리 바라보이는 경상남도 함양 야산자락
에서 나의 오랜 도반 적요(寂了) 스님이 살고 있었다. 그는 하도 오랫
동안 그곳에서 살아, 세상이 어떻게 돌아가고 있는지도 알지 못했다.
하긴 알 필요도 없었으리라. 그가 알고자 하는 것은 아무것도 없었으
므로. 이 나라 대통령이 누구인지, 또한 대통령이 몇 번 바뀌었는지도
그는 알지 못했다. 그는 그냥 그 산기슭에서 혼자 있었으므로.

　적요 스님은 하루에 한 끼씩 공양을 하시다가 그것마저 끊고 스무
하루까지 단식을 하시다가, 비쩍 마른 고목 가지처럼 지내시다가, 물
만 마시고 살았다. 그는, 적요 스님은 그 후 생식(生食)을 하며 살았다.
생식, 그것은 힘든 일이다. 아무도 도와주지 않는 산자락에 생식을 할

무슨 재료가 있겠는가.

　돈 많고 여유 있는 신도들이 우러러 챙겨 드리는 일부 스님들은 생식을 아주 사치스럽게 한다. 갖은 과일과 우유를 비롯하여 몸에 좋다는 것을 다 생식이라 이름 하여 늘 먹고 마신다. 그것이 어디 생식인가? 그것을 어찌 생식이라 할 수 있겠는가? 그러나 그들은 신도들에게 우러름을 받는다.

　"우리 스님은 밥도 안 드시고 생식만 하신답니다."

　"그래도 얼굴 좋으시고 법문도 잘 하신답니다."

　이런 칭송을 들으면서 생식을 한다.

　적요 스님은 산딸기와 산복숭아와 쑥, 그리고 산천에 널려 있는 온갖 나물들을 먹으며 살았다. 함양에서 적요 스님을 찾아갔을 때도 아무도 그를 알지 못했다.

　"그런 스님이 여기 이 부근에 있다니요? 전혀 모릅니다."

　아무런, 아무런 흔적도 없이 그는 혼자 있었던 것이다. 그는 야생이었다. 그는 늑대였고 호랑이였고, 높이 나르는 큰 독수리였다. 적요, 적요. 내가 그를 이십수 년 만에 찾았을 때, 그는 나를 전혀 알아보지 못했다. 그리고 아무 말도 하지 않았다. 이미 '말'을 잊어버린 듯했다.

　나는 무척이나 놀랐다. 그는 생각보다 건강했고, 나를 쏘아보는 눈빛이 너무도 맑고 금강석처럼 빛나 보였다. 나는 내가 잘못 왔다고 생각했다. 그를 향해 합장하고 절을 올리자, 그도 나와 마찬가지로 합장하고 답례했다. 그는 여전히 경건했고 그 모습과 태도가 참으로 아름다웠다. 자랄 대로 자란 머리칼과 수염이 그의 온 얼굴을 뒤덮고 있었다.

그는 짐승이었고 부처였다.

부처님오신날

부처님오신날이 내일 모레다. 해마다 치르는 행사지만 이맘
때가 되면 왠지 들뜨는 게 우리 불자들의 한결같은 마음이다. 그동안
미처 하지 못했던 이웃돕기도 하고 너무 멀어 자주 찾지 못했던 고향
같은 깊은 산 옛 절도 찾고, 그리하여 소원했던 친지도 만나 웃음꽃도
피우고, 참으로 좋은 날이 아닐 수 없다. 이런 때일수록 우리 불자들은
합장하고 지난 일들을 되돌아보고 맺힌 것은 풀고 아픈 것은 다독거리
고, 그리하여 청정한 불심으로 회귀해야 한다.

"나무석가모니불, 나무석가모니불……."

염송하며 불전에 절 올리지 아니하는가. 나무(南無)는 곧 귀의한다
는 뜻이다. 의지한다는 뜻이고, 사랑한다는 뜻이다. 회귀하고 회향한다

나무(南無)는 곧 귀의한다는 뜻이다.
의지한다는 뜻이고, 사랑한다는 뜻이다.
회귀하고 회향한다는 뜻이다.

는 뜻이다. 춥지도 덥지도 않은 이 좋은 봄날, 이 좋은 계절에 부처님께
향 피워 올리고 엎드려 절하며 귀의한다고, 의지한다고, 사랑한다고 발
원해 보시라. 부처님께서는 자비로이 받아주시리라. 넉넉한 품으로 그
대들 아픈 곳을 감싸주시리라. 너무 큰 것을 바라지 않는, 너무 큰 것을
얻으려 하지 않는 우리 불자님들의 소박한 신심을 부처님께서 어찌 외
면하실 수 있겠는가. 연꽃 같은 웃음으로 화답하시지 않겠는가.

　　얼마 전 TV에서 한 프로그램을 보고 깊은 감동을 받았다. 우리 한
국인 선교사 부부가 머나먼 타국 네팔의 한 작은 마을에서 10여 년째
그곳의 버려진 아이들 이백오십여 명을 돌보고 있다는 내용의 프로그
램이었다. 그런데 그 아이들이 모두 10세 이하여서 그 치다꺼리가 보
통이 아니었다. 남편은 아이들을 목욕시키고 아내는 밥 짓고 빨래하고
아이들 머리의 이를 잡아주고 밤에는 아이들의 해진 옷을 기워 입혔다.
더욱 감동적인 것은 이들이 결혼식을 올릴 때 자신들의 아기를 갖지 않
겠다고 서로 언약했다는 것이다. 자신들의 아기가 생기면 다른 아이들
을 차별하게 될 것이므로, 그리하면 하는 일을 그르치게 될 것이므로,
그렇게 언약했다고 한다.
　　죽을 때까지 만 명의 고아들을 돌보겠다는 서약을 하고, 낯선 타국
네팔의 작은 마을 '소망의 집'에서, 오늘도 천사 같은 그들 부부 선교

사는 열심히 일하고 있을 것이다.

　늘 그렇지만 이번 오월에도 행사가 참 많았다. 어린이날, 어버이
날, 스승의 날, 성년의 날. 그리고 우리 부처님오신날이 곧 다가온다.
부처님오신날을 맞아 모든 이들에게 미리 축복의 메시지를 보낸다.

가을산보다 아름다운 풍경

어느 가을날…… 가을의 아름다움이 절경을 이루던 날.

나는 걸망을 메고 설악산 봉정암을 오르고 있었다. 설악산 전체를 연화대로 삼아 석가탑을 세웠다고 할 만큼 봉정암은 높은 곳에 위치해 있다. 그러하기에 봉정암을 오르는 이들의 마음은 비장할 수밖에 없다. 석가모니의 진신사리가 모셔져 있는 봉정암은 5대 적멸보궁 중에 가장 높은 곳에 위치해 있다. 자장율사는 왜 이렇게 높은 곳에 진신사리를 모셨을까? 스님의 뜻을 짐작해 보며 길을 오르다 보니, 어느덧 중턱에 이르렀다.

호젓한 산길…… 땀방울은 염주알이 되어 하나씩 가슴 속으로 굴러들고, 가을산의 화려함은 피곤한 눈을 맑게 씻어주니 나의 몸은 마치 공기처럼 깃털처럼 가벼워진 듯했다. 나 홀로 이렇게 환희에 젖어 있을 때, 저기 산길 모퉁이에서 노인을 업은 중년의 거사와 그 뒤를 따르는 또 한 분의 거사님이 눈에 띄었다. 일행은 나를 보더니 합장을 했다. 그리고 잠깐 쉬어 가려는지 노인과 함께 널따란 바위에 앉아 연신 땀을 닦았다. 80세가 넘어 보이는 할머니와 60세가 다 되어 보이는 두 거사님은 모자지간이었다.

"봉정암에 다녀오는 길이신가 봅니다."

내가 할머님을 보며 말을 붙였다.

"네, 스님. 어머님 생전의 소원이시기에 저희가 이렇게 모시고 왔습니다. 더 일찍 모시지 못해 죄송한 마음뿐이지요."

아드님이 대신 대답하며 노모의 얼굴을 젖은 눈으로 물끄러미 바라보았다. 봉정암에 오르고자 한 자신의 염원 탓에 아들들이 고생한다 생각하니 마음 편히 업힐 수 없었던지, 할머니의 숨소리도 산길을 오르내리는 이만큼이나 가쁘게 들렸다.

그들의 구슬땀을 씻어주는 가을바람이 어찌 이리도 고마울까. 갈 길을 재촉하며 형제 중 동생 되시는 분이 자리를 털고 일어나 어머니를 등에 업으려고 하였다. 그러자 형님 되시는 분이 동생의 어깨를 밀며 말씀하였다.

"됐다, 됐다. 내려오는 길 힘들었는데 이번엔 내가 모시고 내려가

마."

"아닙니다, 형님. 저기 아래까지만 제가 모시고 가겠습니다."

동생은 얼른 노모를 등에 업고 나에게 합장을 한 뒤 산길을 내려 갔다.

나는 그분들의 뒷모습을 한참 동안 바라보고 있었다. 노모를 향한 그들의 효심도 그러하였지만 형제간의 따스한 우애와 사랑이 나의 마음을 훈훈하게 만들어주었기 때문이다.

급변하는 현대를 살아가고 있는 우리 젊은이들의 모습은 어떠한 가. 부모님 모시는 일을 불편하게 생각하고, 형제간에 싸우는 일 역시 빈번하다. 연일 보도되는 사건과 사고들 속에는 가족끼리 서로 해치고, 서로 속이려 하는 일들이 가득하다. 가족의 화목을 모르고 살아가는 이들이 많은 이 각박한 사회에 봉정암 오르는 길에 만난 노모와 형제의 모습은 참으로 훈훈한 풍경이 아닐 수 없다.

나이 60이 다 된 아드님 역시 젊은 나이가 아니기에 자식들의 보살핌을 받아야 할 듯 보였지만, 노모 앞에서는 마냥 어린 자식이었다. 아우는 형님을 걱정하고, 형님은 아우를 염려하는, 그들의 소박하지만 아름다운 모습을 우리 젊은이들이 닮아 갈 수 있었으면 하는 바람을 가져 보았다. 산길을 내려가는 그들의 모습을 바라보며, 보리심을 향해 한 걸음 한 걸음 내딛는 그들의 발자국마다 연꽃이 피어나기를 기도해 보았다. 또한 세상 근심 다 털어낼 수 있다는 적멸의 땅을 참배하고 가는 그 공덕으로 늘 평안하시기를 간절히 염원해 보았다.

봉정암을 오르는 길에 만난 소중한 인연 덕택에 나 역시 발끝에 깃털을 단 듯 단숨에 연화대에 오를 수 있었다. 삼배만 해도 천 년 묵은 업장도 봄눈 녹듯 소멸된다는 영험도량답게, 봉정암은 참으로 아름다웠다.

늙은 행자

노행자(老行者)라 불리던 설송(雪松) 스님. 그는 입산한 지 6년인가 7년이 지났는데도 수계를 하지 않아 그렇게 노행자 또는 늙은 행자로 불리다, 여러 스님들의 설득에 마지못해 계를 받고 '설송'이란 법명을 받은 터였다. 그러나 스님의 일상은 계를 받기 전이나 후나 다를 게 없었다. 새벽 도량석을 시작으로 공양간 허드렛일, 마당 쓸기, 나무하기 등 그의 일상은 한결같았다. 맑은 목청으로 목탁을 두드리며 독경하고 산중의 온갖 잠든 사물을 흔들어 깨우던 설송 스님.

지금은 어디서 무얼 하며 이 겨울을 맞고 있을까. 떨어진 나뭇잎들이 뜨락을 휩쓸고 다니는 이 스산한 계절에 그는 지금 어디서 망연히 긴 하늘을 올려다보고 있을까. 알 수 없다. 허나 짐작컨대 그는 여전히 일의일발(一衣一鉢)로 전국의 심산고사(深山古寺)를 떠돌며 때 묻지 않은 미소를 머금은 채 수행하고 있을 것이다.

내가 노행자 설송 스님을 마지막으로 본 것은 이십 년 전쯤의 일이다. 토굴을 끼고 있는 반농반어(半農半漁)의 어느 외진 마을, 거기 산자락에 엎드려 있는 수도암이란 작은 암자에 머무를 때였다. 도반 몇 명이 함께 꾸려 가고 있던 그곳에 그가 찾아들었다. 저녁 연기 스미듯 스며들었다. 초파일이 얼마 남지 않아 아주 번다한 때에 그는 그렇게 와서 잠시 머물다 떠나갔다.

차를 나누며, 그는 그간의 자신의 행장에 대해 띄엄띄엄 얘기를 풀어놓았다. 중의 살림살이가 다 그러하지만 그 또한 바람처럼 구름처럼 그렇게 산하대지를 떠돌아다녔다. 제방의 선원에서 안거하기도 하고 빈 토굴에서 지내기도 하고 어떨 때는 시중의 포교당에서 어린이 법회를 맡아 보기도 하고…… 그렇게 지냈노라며 그는 허허롭게 웃었다.

요즈음은 경상북도 포항의 오천이라는 곳에 있는 오어사라는 절 부근의 후미진 화전민 마을에 터를 잡고 앉아 있다고 했다. 거기 비어 있는 집 하나를 손수 수리해서, 그곳에 감자도 심고 고구마도 심고 채소도 가꾸며 그럭저럭 소일한다고 그는 남의 얘기하듯 했다. 그런 생활이 몸에 익어 별로 불편하지 않다고, 무심히 떠 가는 조각구름을 바

이 새벽에 그는 깨어나 내가 머물던 곳,
철썩이는 파도 소리가 귓전을 때리던 저 바닷가 해변 마을의
조그만 암자를 기억하며 앉아 있지나 않으신지.

라보며 쪽마루에 걸터앉아 해바라기 하는 재미가 쏠쏠하다며, 그는 웃었다. 한두 집만 남아 있는 화전민들과 어울려, 그들과 함께 산기슭의 척박한 작은 농토를 일구며 산 지 벌써 몇 해가 되었노라고, 심심하지도 적막하지도 어렵지도 않노라고 했다. 어떨 때는 훌쩍 떠나 큰 절의 뒷방을 얻어 한 철 지내기도 하고 선방에서 가부좌 틀고 안거하기도 하고, 그러다가 다시 화전민 마을의 움막으로 찾아들어 묵은 밭을 일구며 산다고 했다.

"그대가 여기서 지내고 있다는 애길 풍문에 듣고 한번 들러 봤네. 참 좋아 보이는군, 그래."

여전히 맑은 목소리에 맑은 눈매를 한 그는 조금씩 여유롭게 차를 마셨다. 농부 같기도 하고 선승 같기도 한 노행자 설송 스님, 그가 내 앞에 앉아 있다는 게 새삼 신기하게 느껴졌다.

철썩철썩 파도 소리가 들렸다. 해풍이 창호지문을 흔들며 지나갔다.

"바닷가 살림살이도 괜찮은 것 같군 그래. 중은 그저 제 맛에 살아가는 것이지만……."

그는 쟁반 위에 놓인 귤 한 알을 까서 입에 넣었다. 내가 여기 수도암에서 한 철 같이 지내 보자고 권했지만 그는 고개를 내저었다. 두 해쯤 떠돌았으니 이제 포항 어디쯤의 자기 움막으로 돌아갈까 한다고, 거기 가서 새롭게 땅을 일구며 사는 데까지 살아 볼까 한다고. 그러면서 그는 잘 주무시게, 하고 자리에서 일어났다.

객실까지 그를 안내하고 돌아 나오면서 나는 멀리서 깜박거리는 등대를 바라보았다. 등대…… 우리에게 등대는 있는 것인가. 물론 있다, 있고말고. 석가모니부처님의 말씀이 우리에게 곧 등대가 아닌가. 우리는 그 등대를 의지하여 가고 있는 게 아닌가. 험한 물결 헤쳐 나가는 것이 아닌가. 먼 바다에 점점이 어화(漁火)가 떠 있었다. 밤이 깊어가는데도 생업을 위해 잠 못 자고 떠 있는 어부들의 삶이 바다 위에서 껌벅이고 있었다. 그들의 아내와 아이들의 삶이 어화로 남아 껌벅이고 있었다. 철썩철썩 파도 소리가 들렸다. 소금기 실린 해풍이 뜨락의 나뭇가지들을 세차게 흔들어 놓고 있었다. 등대…… 그리고 점점이 어화가 떠 있는 먼 바다를 바라보며 나는 한참이나 장승처럼 서 있었다.

어촌 마을엔 불심이 깊다. 바다를 의지해서 사는 사람들은 예부터 불심이 깊게 마련이었다. 생업을 위해 고기 잡으러 바다로 떠난 남정네들의 무사귀환을 위하여 바닷가 마을 아낙네들은 늘 부처님께 기도드렸다. 남근을 깎아 굴비 두릅처럼 새끼줄에 엮어 걸어 놓은 해신당(海神堂)에 기도드리기도 했다. 그들에게 절의 법당과 해신당은 하나였다. 그래서 작은 어촌 작은 암자의 초파일도 조금은 붐빈다. 조금은 어수선하고 조금은 들썩거린다. 설송 스님도 절마당의 여기저기를 바쁘게 다니며 연등을 걸고 촛불을 켜고 장난질하는 아이들을 다독거리고,

그렇게 꼬박 밤을 밝혔다.

어수선하고 들썩거리던 초파일이 지나고 이튿날 아침, 노행자 설송 스님은 내게 작별을 고했다. 그만 떠나가 보겠노라고, 잘 지내시라고 합장하며 미소 띤 얼굴로 작별을 고했다.

그와 작별한 지 이십 년쯤 지난 오늘 이 새벽에, 나는 그를 그리워한다. 하늘 가득 별들이 초롱초롱하다. 이 새벽에 그는 깨어나 내가 머물던 곳, 철썩이는 파도 소리가 귓전을 때리던 저 바닷가 해변 마을의 조그만 암자를 기억하며 앉아 있지나 않으신지. 그 암자의, 조금은 들썩거리는 초파일 밤을 기억하며 노송(老松)처럼 설송(雪松)처럼 앉아 있지나 않으신지……

기다림을 파는 할머니

일이 있어 아침 일찍 읍내로 나갔다. 상점 문이 하나 둘씩 열리고, 즐비한 상점들 틈 약간 후미진 곳에서 좌판을 펼치는 이가 있었다. 허리는 반쯤 구부러지고 머리에는 허연 서리가 앉은 팔십 대 노인이었다. 할머니는 머리에 한 아름 이고 온 보따리를 펼쳐 토마토, 복숭아, 풋고추, 상추, 오이, 콩 등 채소와 과일 몇 가지를 가지런히 늘어놓고 계셨다.

늦은 오후, 일을 보고 절에 들어가는 길에 아침에 지나왔던 그 길을 다시 지나가게 되었다. 조용하던 아침의 풍경과는 다르게, 거리는 사람들로 북적였고 사람 소리와 틀어 놓은 노랫소리로 어수선했다. 문득 아침에 보았던 할머니가 궁금해 두리번두리번 살피니, 할머니는 여전히 자리를 지키고 계셨다. 좌판의 물건들은 조금 준 듯 만 듯 했으며, 할머니는 다가올 누군가를 기다리며 무연히, 그저 그렇게 쪼그리고 앉아 계셨다.

'종일 저렇게 기다리셨을 테지. 눈에 띄지 않는 저 구석 자리에 앉아 종일 기다리셨을 테지…….'

나는 잠시 머뭇거리다 할머니에게 다가갔다.

"많이 파셨어요?"

"네, 스님."

할머니가 빙그레 웃으신다.

"풋고추하고 상추가 아주 싱싱해 보이네요."

"조금 드릴까요?"

"네. 여기 콩하고 오이도 아주 좋네요."

할머니는 나무껍질처럼 거친 손으로 무릎을 힘껏 누르며 일어서서, 꼬깃꼬깃 접어 놓은 헌 봉지를 펼치더니 이것저것 한가득 담으셨다. 그러면서 옆의 바구니에 담긴 복숭아 가운데 가장 큰 놈을 골라 바지춤에 쓱쓱 닦아 내 손에 꼭 쥐어주셨다. 그 손길이 참으로 따뜻했다.

우리 절 법당 뒤의 텃밭에도 올 여름 농작물이 풍년이다. 풋고추, 상추, 오이, 토마토, 콩……. 오늘 내 장바구니를 보면 절 식구들이 의

아해할지도 모른다. 허나 오늘 내가 그 할머니에게서 산 것은 풋고추와 상추도 아니고, 오이와 콩도 아니다. 바로 기다림의 마음이다. 누구 하나 오는 이 없어도 초조해하거나 조급해하지 않고, 한없이 기다릴 줄 아는 그 마음.

바쁘게 살아가고 있는 우리는 어느새 그런 여유를 잃어버리지 않았는가. 살기 어렵고 힘든 때일수록 그 할머니의 기다릴 줄 아는 마음을 닮았으면 한다.

할머니가 쥐어주신 복숭아 크게 한 입 베어 물었더니, 그거 참 달고 맛있구나.

세상만사 한번 웃고 나면 그뿐

오랜 도반 적음(寂音) 스님이 시집을 한 권 보내 왔다. 그가
그동안 쓴, 한국 최초로 붓으로 써진 필체 그대로 출간된, 아주 좋은
시집이다. 한지로 만들어진 그 시집을 읽으면서 나는 참으로 오랜만에
그의 묵향을 느꼈다.

사람은 늘 가고 오지만, 늘 그렇게 오고 가며 살지만, 그의 행방은
늘 묘연했다. 우리네 스님들의 삶이 다 그러하지만, 그는 한곳에 머물
러 있지 않았다. 온 천지 온 산하를 떠돌며 살았다. 도토리 주워 먹고
고구마 캐 먹으며, 외진 저 변방의 어느 산자락에서 지금도 그는 그렇
게 지내고 있을까? 아무도 모른다, 그의 행방을. 다만 그가 아직도 존
재하고 있음을, 우리네 곁을 아직도 떠나지 않고 있음을 그런 대로 추

측할 뿐이다.

적음 스님은 열다섯 살 때 경주 함월산 기림사로 출가하여 대구 동화사 혜봉 노스님께 내전(內典)을 이수하고 중강으로 한참 동안 후학들을 지도하기도 했다. 그런 그가 대학에 들어갔다는 소문이 들렸다. 나는 조금 놀랐다. 적음 스님과 대학, 어쩐지 '매치' 되지 않았기 때문이다. 그것도 동국대학교 불교학과가 아닌 일반 대학, 그것도 서라벌예술대학이라는 생판 듣지도 못한 학교의 문예창작과에 입학했다는 것은 나를 참으로 당혹스럽게 만들었다. 스님은 남산 기슭에 있는 조그만 암자에 머물며 아침저녁으로 염불을 해 올리면서, 그렇게 어렵사리 학교생활을 한다고 들었다. 핍박한 삶의 한가운데, 그러나 그는 묵묵히 그것을 견뎌냈다고 들었다.

그의 학교 친구들과 후배들은 그를 일컬어 '사운드 오브 사일런스'라고 하며 웃어댔다. 법명 '적음(寂音)'을 그렇게 그들대로 번역하며 즐거워했던 것이다. 그의 별명은 '재봉틀'이었다. 한번 웃기 시작하면 마치 털털거리는 재봉틀처럼 계속 웃었기 때문이다. 적음 스님의 웃는 모습은 그의 주변 사람들, 후배, 친지들이 본 그의 아름다운 모습 중 하나였을 것이다.

스님이 내게 이런 이야기를 들려준 적이 있다. 열일곱 살 때쯤 처음으로 만행을 떠났을 때 얘기였다. 조그만 목탁을 걸망에 넣어 메고, 그가 머물고 있던 경상북도 성주의 선석사(禪石寺)를 출발해, 보이는 마을마다 들러 목탁을 두들겼다. 잠은 비어 있는 집의 마루청 등에서 해결했다. 한여름이었다.

두루마기를 머리끝까지 둘러쓰고 웅크린 채 잠을 청했지만 그저 선잠일 뿐, 달려드는 모기떼 때문에 일어났다 누웠다 할 따름이었다. 초롱초롱한 여름밤의 별들이 논가의 빈집 마루청에 누워 있는 그를 향해 쏟아져 내리고 있었다. 멀리서 이따금 컹컹컹 개 짖는 소리가 들렸다. 여름밤 새벽 빈집 마루청엔 으스스 한기가 스며들었다. 모기떼에 뜯기다 못해 그만 일어나 이리저리 잡초 우거진 마당을 왔다 갔다 하다, 그는 무작정 걷기로 했다. 이따금 들리는 컹컹컹 개 짖는 소리를 뒤로하고 마을을 빠져나와 신작로를 따라 걷고 걸었다. 뿌옇게 새벽이 밝아 오고 있었다. 목탁을 두드려 한 움큼씩 받아 놓은, 몇 됫박 안 되는 걸망 속 쌀이, 축 늘어진 걸망 무게가 그를 짓눌렀다.

시물(施物)은 무서운 것, 무엇보다 소중한 것, 그리고 시물에는 아무런 상(相)이 없어야 한다는 것, 무주상보시(無住相布施)야말로 참다운 보시라 할 수 있는 것, 그래야만 주는 자와 받는 자, 시물이 함께 청정해진다는 것. 그는 그렇게 배웠다.

하루 이틀, 터벅터벅 걸어 김천 부근에 이르렀다. 김천은 직지사라는 큰 절이 있는 고장. 거기에 들러 구경도 하고 하루쯤 쉬어 갈 요량이었다. 뜨거운 한여름 햇살이 발걸음을 더디게 만들었다. 개울을 만나면 세수도 하고 발도 씻고, 느티나무 큰 그늘을 만나면 땀을 식히며 쉬기도 하고, 마을에 들러 목탁을 두드리기도 하고, 운 좋으면 농부들 틈에 섞여 새참을 얻어먹기도 하며, 그렇게 김천 부근에 이르렀다. 뉘엿뉘엿 해가 기울고 있었다. 붉은 노을이 너른 들판을 물들였다. 노을 비낀 허공에 까마귀 몇 마리 서천(西天)을 향해 까악까악 울며 날고 있었다.

그는 걸음을 멈추고 노을 비낀 허공을, 들판을 망연히 바라보았다. 가까이 시가지가 있었고 여기저기 농가들도 보였다. 인심 좋은 어느 농가에 들러 저녁도 얻어먹고 하룻밤 잠자리도 얻어 볼까 하다가 그만 포기했다. 심신이 지치기도 했지만 혹여 농가에서 그의 청을 들어주지 못할 경우를 염려해서였다. 그리되면 그 자신이나 그 농가가 얼마나 난처할 것인가. 어두워 가는 저녁녘에 찾아온 길손을 먹여주고 재워주지 못하는 농가 주인이나, 그 농가를 뒤로하고 떠나는 길손의 뒷모습이 과연 어떠할 것인가. 주변을 둘러보았다. 하나 둘씩 불빛이 켜지고 있는 농가의 봉창들뿐 아무것도 없었다. 저녁 바람결에 일렁이는 드넓은 보리밭이 시야에 들어왔다.

'옳지, 됐다. 오늘 밤은 저기 저 보리밭에서 일박하면 되겠구나.'

성큼성큼 보리밭으로 걸어 들어갔다. 마음이 푹 가라앉았다. 아주 편안했다. 그때 뒤쪽에서 인기척이 들렸다.

"스님, 이리로 나오십시오."

뒤돌아보니 고등학교 교복을 입은 학생이 그를 부르고 있었다. 그는 일순 무슨 나쁜 짓을 하려다 들킨 아이처럼 주춤거리며 부끄러움을 탔으나 이내 돌아 나올 수밖에 없었다. 그날 밤, 스님은 자취를 하고 있는 그 학생의 방에서 따스운 밥을 얻어먹고 함께 이야기를 나누었다. 그 학생은 스님과 동갑이었으며 차림새는 같지 않았으나 도반이었다.

이튿날 아침, 공양까지 따스하게 얻어먹은 적음 스님은 학생과 인연이 있으면 다시 만날 것을 약속하고 굳은 악수를 나눈 후 작별했다. 좋은 밤이었다. 보리밭에서 여름밤의 초롱초롱한 별들을 쳐다보며 지친 육신을 쉬게 할 작정이었는데, 착한 학생을 우연히 만나 하룻밤을 잘 보내고 나니 몸이 참으로 가뿐했다. 산중에 있다가 모처럼 보는 시가지는 낯설었다. 번잡스럽고 어리둥절하고 숨이 막혔다. 그런 거리와 골목을 오고 가며 목탁을 두들겼다. 탁발을 했다.

"마하반야바라밀다심경 관자재보살……"

쌀을 한 움큼 주는 이도 있고, 동전 한 닢을 주는 이도 있고, 지폐 한 장을 주는 이도 있고, "우린 교회 믿어요" 하면서 내치는 이도 있었다. 어느 한적한 주택가 골목에 이르러서였다. 목탁을 두드리며 반야심경을 외자 조금 있다가 문이 열렸다. 앳된 여자 보살이 들어오라고 손짓했다. 대청마루엔 젊은 남자가 앉아 수박을 먹고 있었다. 갓 혼인한 신혼부부 같았다. 그들은 스님에게도 수박을 권한 뒤 재미있다는 듯 이것저것을 물어댔다. 잠시 땀을 식힌 뒤 그가 일어서자 신혼부부는 몇 장의 지폐를 그에게 전한 뒤 대문까지 따라 나왔다. 더울 텐데 안녕히 가시라고, 그러면서 그를 배웅했다.

스님들에게 만행은 꼭 필요하다. 세간의 이모저모를 살필 수 있고 하심(下心)할 기회가 생기기 때문이다. 그것은 수행자에게 알게 모르게 약이 될 수 있다. 적음 스님은 저녁녘에 쌀집을 찾아 두리번거렸다. 쌀집이 눈에 띄지 않아 역 앞으로 갔다. 역 앞에는 식당이 있을 것이고, 식당이라면 쌀이 필요할 것이고, 그러면 쌀집을 찾지 않아도 될 터였기 때문이다.

'서울식당'이라는 이름의 그 식당. 땀에 젖은 후줄근한 몰골로 그가 식당에 들어서자 주인 여자는 선풍기를 돌려주고 물수건과 찬 보리차를 갖다 주었다. 시주받은 쌀을 기꺼이 받아들여주었을 뿐만 아니라 따로 깨끗한 방을 내어 그를 묵게 했다. 여섯 살인가 일곱 살쯤 되었을 법한 주인 여자의 예쁜 딸도 금방 그를 따랐다. 그는 행복했고 노독을 잊었다.

부슬부슬 비가 내리고 있는 황악산 직지사 일주문을 들어서며 그는 황홀했다. 대웅전 뒤 하늘을 찌를 듯 가늘게 솟아 있는 소나무들 위로, 안개 뿌우옇게 휘둘린 그 위로 흰 학들이 선경인 듯 날고 있었다. 부슬 부슬 비가 내리고 있는 이른 아침의 직지사. 안개 뿌연 소나무들 사이로 흰 학들이 날고 있는 직지사. 스님 생애 만행의 한가운데 점처럼 찍혀 있는 그때 그 여름의 기억들을 잊지 못하겠노라고 그는 되뇌었다. 그때 객실에서 만난 속리산 법주사 원주 스님. 그이와 함께 보은읍 장터 좌판에서 참외와 막국수 등을 사 먹던 일. 법주사 일주문 못 미쳐 있는 개울 옆의 수정암, 저녁 공양을 앞둔 어린 비구니스님들이 개울에서 깔깔거리며 장난치던 모습들. 그것들이 아직도 그의 뇌리에 살아남아 있다. 그것들이 아직도 살아 그를 먼 기억의 오솔길로 내몰고 있다.

아무것도 가진 것이 없는 진정한 무소유의 삶. 스님은 아직까지 그렇게 산다. 그는 그것을 어려워하지 않고 부끄러워하지도 않고 나름대로의 생을 지금껏 영위해 오고 있다. 그런 그가 몇 년쯤 전에 토굴을 하나 마련했다. 너무 떠돌다 보니 심신이 지쳤는지, 그냥 한곳에 가만히 앉아 있고 싶었는지, 어떻든 그는 허물어져 가는 외진 농가를 사서 수리해서 산다. 토굴 이름은 일소암(一笑庵)이다. 세상만사 한번 웃고 나면 그뿐이라고 그렇게 지었는가. 한번 웃으면 만사가 형통이라고 그렇게 지었는가. 일소, 일소, 일소, 모든 번뇌를 잊고자, 그렇게 일소로 흩날려버리자 하여 그렇게 지었는가.

저 먼 옛날 신라적, 서라벌 경주 남산에서 대안(大安) 스님은 가끔씩 장안에 나올 때면 주문을 외우듯 대안, 대안, 대안 이러면서 다니셨다. 적음 스님, 그도 앞으로 일소, 일소, 일소 하면서 서울 장안을 누빌지도 모른다. 건강하고 묵묵한 적음 스님의 시 한 편을 소개한다.

저녁에

왜 그처럼 늦게 연락을 주었는지

어제는 감꽃이 지기 시작하더니

초가을 바람 바람이 벌써 한차례 비를 몰고 가는구나.

저녁엔 스산해서 한잔 소주로 목을 달랬다.

그리운 것은 그리운 대로 놓아두고

그렇게 내리는 비를 바라보며

이 저녁을 꾸려 가야 하는 것인가.

연락은 한차례 내리는 비처럼 왔다 갔다.

감이 빨갛게 익어 가는 모습을 차마 보지 못하겠다.

그가 얼굴을 찌푸리거나 화내는 모습을 나는 한 번도 본 적이 없다. 있는 듯 없는 듯 하던 그의 행적이 새삼 그리워지는 오늘, 나는 이런 지면을 통해 그를 추억함이 참으로 따사롭게 느낀다.

적음 스님, 오늘 이 겨울에도 일소암의 산자락을 쏘다니며 가을에 떨어진 도토리 줍고 있으신지? 조그만 뜨락 옆 텃밭에 심어 놓은 고구마를 한 뿌리 한 뿌리 캐고 있으신지?

중도 자식이거늘

 개구쟁이처럼 장난꾸러기처럼 웃는 스님의 모습은 주위의 모든 사람들을 즐겁게 했다. 그것이 그의 독특한 모습, 아름다운 그만의 진실한 표정이었다.

스님은 항시 일을 했다. 일을 해야만 자신이 살아 있음을 증명할 수 있다는 듯이 그렇게 열심히 하루 종일 일을 했다. 가만히 두어도 괜찮을 석축을 허물어버리고 다시 그 석축을 새로이 쌓아 올리고 쌓아 올리고 하면서 땀을 흘리는 것이 그의 일과였다. 사람의 손이 가면 또다시 새로이 만들어지고, 만들어지면서 변모해 가는 게 자연의 법칙이 아니던가. 그는 그렇게 이것저것 손댈 곳 안 댈 곳, 건드리고 건드리면서 도량의 이모저모를 나름대로 꾸미고 꾸미며, 그것으로 나름의 삶을 꾸려 왔다.

벌써 한참이나 지난 이야기다. 자광 스님이 여기 청량산 청량사의 위쪽, 외청량 응진전에서 머물 때였다. 스님은 건강했고 활달했고 아무런 거침도 없었다. 도량 주변 가꾸는 것을 좋아했고 조그만 야생의 풀 한 포기, 거기서 피어나는 봄의 꽃 한 떨기를 소녀처럼 들여다보며 좋아했다. 그는 언젠가 내게 말했다.

"스님, 제가 적음 스님이 계시는 토굴에 가서 산죽(山竹) 몇 뿌리와 몇 달째 계속 피고 진다는 국화 몇 뿌리를 얻어서 심어 놓았어요. 이것들이 잘 자라 꽃을 피우고 또 산죽이 싹을 틔우면 얼마나 좋겠어요."

스님은 이렇게 말하면서 활짝 웃었다. 그, 적음 스님의 토굴에서 가져와 옮겨 심은 산죽과, 오래 피고 진다던 국화꽃이 지금도 살아서 그의 뜻대로 염원대로 자라고 있다고 들었다.

그는 지금 여기 없다. 저 어디 청송 어디쯤의 후미진 한적한 곳에 새로 둥지를 틀고 있다고 들었다. 거기서 대추 농사도 하고 고추 농사도 하고 그러면서 한가롭게 삶을 꾸려 간다고 들었다.

자광 스님, 그의 내력은 조금 특이하다. 그의 내력을 여기서 언급하긴 참으로 저어하지만, 우리 불가에선 귀한 법의 소식이기에 전하려 할 따름이다. 스님의 세 형제는 모두 스님이다. 둘째가 원공 스님이고,

중도 자식이거늘, 어찌 혼자 계시는
어머님을 모시고자 아니하랴.
서러움이 북받쳐 오르는 어느 날 밤,
둥근 보름달을 바라보며 그는 큰 울음을 울었다.

셋째가 일공 스님이다. 원공 스님은 불화를 그리기도 하고 조각을 하기도 하면서 그 자신만의 부처의 세계에 천착한다고 들었다. 일공 스님은 김천에 있는 직지사 포교당 개운사의 주지를 맡아 한참 동안 일하다가, 지금은 원공 스님이 머물고 있는 경주의 유학사(柳鶴寺)에서 함께 지낸다. 속세에선 형제끼리 별스럽게 가까이 지내지 못했는데, 이제 부처님의 법계로 들어와 다시 그야말로 정다워졌노라고, 자광 스님은 내게 말하면서 그답지 않게 눈시울을 붉혔다.

자광 스님, 그의 어머님은 유학사에서 둘째 원공 스님과 함께 계시다 얼마 전 지병으로 멀리 회향하셨다. 세 자식 모두 부처님 품으로 보냈으니 그냥 그러하지만, 조금은 허무하다고 늘 되뇌시던 늙은 어머니의 모습이 떠오른다면서, 자광 스님은 눈시울을 붉혔다. 중도 자식이거늘, 어찌 혼자 계시는 어머님을 모시고자 아니하랴. 서러움이 북받쳐 오르는 어느 날 밤, 둥근 보름달을 바라보며 그는 큰 울음을 울었고, 짐승처럼 울었다고 했다. 그의 울음이 돌아가신 어머니의 귓전에 메아리처럼 회향하기를 바란다.

불가에선 일찍이 이런 이야기가 전해 내려오고 있다. 뭇 중생 가운데 인간으로 태어나기란 지극히 어렵고, 인간으로 태어난다 하여도 남자로 태어나기란 낙타가 바늘구멍을 통과하는 것처럼 불가능에 가깝고, 설사 남자로 태어난다 치더라도 불연(佛緣)을 입어 입산수도하기란 지극히 어렵고 어려운 일이라고…….

그러하건대 한 집안에서 그것도 한 명이 아닌 세 명의 형제가 불연을 입어 입산수도하고 있으니 이 어찌 감탄할 일이 아닌가. 자광 스님의 세 분 형제는 비록 생전의 어머님에겐 크나큰 불효를 저질렀다고 할지 모르지만, 어찌 보면 큰 은덕을 어머님께 베풀었다고 할 수도 있겠다. 한 명도 아닌 세 명의 형제가 불문에 귀의하여 큰 법의 세계에 몸담고 있음은 축복이다.

그렇다. 커다란 축복이다.

간절한 기도

눈이 내리려는 듯 사시가 조금 지난 시간인데도 날이 어두웠다. 이내 차디찬 바람과 함께 싸락눈이 흩날렸다. 길을 재촉하며 절을 향해 가는 길. 나는 잠시 발걸음을 멈췄다. 아니, 멈췄다기보다는 발걸음이 저절로 멈춰졌다. 저기 건너편 산 아래 마을, 마을에서 조금 떨어진 곳에 고목이 한 그루 서 있고, 그 앞에 한 노파가 서 있는 것이 눈에 띄었기 때문이다. 조금 더 가까이 가서 보니 그 노파는 청량사에 다니는 노보살이 아닌가!

'이 추운 날씨에 무얼 하고 계시는 것일까?'

이러한 생각도 잠시, 가까이 가서 보지 않아도 무엇을 하고 계시는지 금방 알아차릴 수 있었다. 고목을 향해 양손을 높이 들어 큰 원을 그리며 가슴에서 모았다가 허리를 굽히는 모습. 무엇인가 간절히 기원하며 마음을 다해 기도하는 모습이었다. 나는 한참을 물끄러미 바라볼 수밖에 없었다. 저리도 간절한 노파의 기도가 과연 무엇이란 말인가!

차디찬 겨울날. 그것도 눈발이 흩날리는 날. 이리도 추운 날에 노파는 남루한 의복에 장갑도 끼지 않은 채 아주 옛날 사람들이 그러했듯이 마을의 고목을 찾아 정성을 드리고 있다. 매서운 겨울바람이 단정히 쪽진 노파의 머리카락을 흩뜨려 놓았다. 노파의 표정은 진지하고 간절했으며 깊게 파인 주름 사이로 보이지 않는 눈물이 느껴졌다. 정말 가슴으로 기원하는 모습이었다.

노파는 종교가 무엇인지 알지도 못하고 따지지도 않는다. 그저 간절히 기도할 뿐이다. 오로지 자식들의 안녕을 위해 간절히 기도할 뿐이다. 그야말로 가슴으로 하는 신앙을 가지고 계시는 것이다. 무엇을 신앙하는지가 중요한 것이 아니라, 어떻게 신앙하며, 얼마만큼의 정성을 기울여 신앙하느냐가 중요한 것이다.

노파의 모습을 보고 돌아오는 길. 가슴으로 하는 신앙의 절실함을 느낄 수 있었다. 문득 오늘날 우리 불자들의 신앙심에 대해 생각해 보았다. 과연 그들은 가슴으로 하는 신앙인의 모습을 갖고 있는가!

가끔 신앙심 위주보다는 지식과 교리 위주의 신앙생활을 하는 사람들이 있어 안타까운 마음이 든다. 물론 지식과 교리도 중요하지만 신심을 바탕으로 그 위에 교리를 얹어 놓는 것이 바람직하다고 생각한다. 신심을 바탕으로 하지 않은 신앙생활에서는 옳지 못한 행동들이 많이 발견되곤 한다. 앎에 대한 삿된 상(相)이 생기는가 하면 하심(下心)할 줄 모르는 어리석음을 범하기도 하는 것이다. 그런 사람의 모습을 보면 참으로 안타까운 마음뿐이다.

밤이 되면 장독대 앞에 나가 북쪽 하늘을 보며 무엇인가 간절히 비는 모습, 부뚜막 위에 정화수 떠 놓고 아침마다 가족의 안녕을 기원하는 모습, 생일상 차려 놓고 어진 지양님네, 어진 삼신님네께 건강을 기원하는 모습, 첩첩산중 절에 올라와 나무관세음보살을 염하며 부처님의 가피를 기원하는 모습. 마음을 다해 기도하고 염하는 우리네 어머니들의 모습에는 그 무엇과도 비교할 수 없는 아름다움이 있었다. 그러한 기도가피로 자라 온 우리의 마음에는 가슴 저미는 어머니의 사랑이 있다.

내내 간절히 기도하던 노파의 모습이 잊혀지지 않는다. 순간 그 노파의 기도 속에 들어 있을 그 누군가가 부러워진다. 그리고 어느덧 나의 눈에 눈물이 맺힌다. 가슴으로 행하는 신앙, 그 노파의 모습에서 배워야 할 것이다. 진정 노파의 기도는 전해지리라.

비어 있음으로 충만한 방

오래 전, 부산 금정산 범어사에서 잠시 머물고 있던 시절이었다. 당시 행당에는 고참 스님들, 조금은 특별한 내로라하는 스님들이 여럿 둥지를 틀고 있었는데, 아무런 소임도 맡지 않은 이른바 한주(閑住)들이었다.

활연(活然) 스님도 그 중 한 사람이었다. 사십을 갓 넘긴 스님은 별스럽게도 수염을 길게 길러 늘어뜨린 채 휘적휘적 경내를 돌아다니곤 했다. 강주(講主) 소임을 잠시 맡았다 그만두고 행당의 구석방 하나를 차지하고 앉아 그럭저럭 소일하고 있는 형편이었다.

스님은 매우 박학했다. 어릴 적부터 서당 공부를 오래하여 유학에 통달했을 뿐만 아니라 도가에 심취, 그쪽 방면으로 상당한 식견을 갖추었다고 들었다. 이렇듯 유추해 보건대 활연 스님, 그는 가히 유불선 삼도에 깊이 발을 적시고 유유자적, 그만의 행보를 누리고 있었는지도 모른다. 선도(仙道)의 멋을 좇아 그는 다른 스님네들이 잘 하지 않는, 수염을 길게 기르고 다니는 그러한 습성을 혼자 키우고, 그 나름의 자족에 젖어 있었을까.

강주 소임까지 맡아 본 스님 방에 수많은 장서들이 소장돼 있을 것이라 생각하고 처음으로 구경 삼아 들어간 사람들은 모두 하나같이 놀랐다. 그의 방엔 조그만 경상 하나와 조촐한 다구들뿐, 그 외에는 아무 것도 없었기 때문이다. 장서라곤 찾아볼 수 없는 그의 방, 그것이 활연 스님의 실체였다.

책을 통해 얻는 지식은 공(空)하다고 했던가. 서책과 경서는 하나의 방편에 불과할 따름이다. 그것에 집착하면 근본 대의를 잃는다. 부처님께서 설한 팔만의 대장경도 바른 길로 인도하기 위한, 길을 가리키는 하나의 방편이 아니던가. 그러한 사실을 너무나 잘 알고 있었기에, 활연 스님은 아예 책을 곁에 두고 있지 않았던 것일까.

문자에 집착하면 오히려 심안(心眼)이 흐려지는 법. 맑은 바람 소리를 듣고 향기로운 한 잔의 차로 파적(破寂)의 멋을 즐기는 것이야말로 대장부의 할 일이다. 서책과 사리(事理)에 묻혀 일희일비함은 한갓

소인배가 꾸는 봄날의 낮 꿈 같은 것, 가물거리다 사라져버리는 아지랑이 같은 것.

텅 비어 있는 활연 스님의 방은 비어 있음으로 더욱 충만해 보였다. 정갈한 스님의 방에 마주 앉아 차를 나눌라치면, 바깥에서 불어대는 솔바람 소리가 한층 드높아지곤 했다. 스님은 가끔 몇 마디 우스갯소리를 한 뒤 긴 수염을 흔들며 너털웃음을 터트리곤 했다. 아무런 티끌도 묻어 있지 않은 그의 너털웃음이 빈방의 적막을 흔들었다.

아무런 사심도 욕망도 없이 그 나름의 삶을 유지해 나가는 활연 스님은 진정한 도인이었다. 나는 행당 옆 개울가 바위 위에서 무언가 골똘한 생각에 잠겨 있는 스님을 가끔 목격하곤 했다. 그 고요를 깨뜨리지 않기 위해 멀찍이 서서 바라보고 있노라면, 그는 개울물 소리를 따라 어디론가 멀리로 떠나가고 있는 듯했다. 아무도 알지 못하는 혼자만의 세계를 향하여 둥둥 떠나가고 있는 듯했다.

인간이 자연과 하나가 될 수 있다면, 어우러져 합일될 수 있다면 그것은 축복이다. 그것이야말로 진정한 도의 길이요, 무상(無上)의 보리(菩提)라 할 수 있겠다. 개울가에서 시간 가는 줄 모르고 앉아 있는 활연 스님은 과연 스스로도 모르게 자연의 한 부분으로 회귀하고 있었던 것일까. 점심공양이 끝난 뒤, 그는 어김없이 개울 쪽으로 향하곤 했다. 인적이 뜸한 그곳이 그의 성미에 딱 들어맞는 모양이었다. 봄이면 움트는 버들개지와 함께, 여름이면 나무 그늘 아래서 발을 담그고, 가을이면 물에 떠내려 오는 붉은 나뭇잎들을 응시하고, 겨울이면 얼음장 아래서 돌돌거리며 흘러내리는 물소리에 귀를 기울이고…….

활연 스님은 거기, 개울가 바위 부근을 그의 수행처로 삼았다. 어디 그만한 수행처가 있을까. 사시사철 변화하는 계절의 면모를 지켜보면서 그는 스스로를 자연의 한 부분으로 동화시켜 나갔을 것이다.

오래 전, 금정산 범어사에서 잠시 머물고 있던 시절, 활연 스님이라는 조금은 특별한 스님이 있었기에 당시 나의 삶은 단조롭지 않았다. 한 걸음 한 걸음 내딛는 그의 행보를 곁에서 물끄러미 지켜보면서 범상치 않은 한 수행인의 풍도(風度)를 느꼈기 때문이다.

노루들과의 약속

한라산엔 눈이 많이 온다. 눈이 많이 오고 겨울이 길다. 제주 한라산엔 그리고 노루가 많다. 긴긴 겨울, 먹이를 찾아 노루들은 이리저리 떼 지어 다닌다. 한라산 관음사 마당까지 내려와 먹이를 찾아 이곳저곳을 기웃거리곤 한다.

만허 스님, 그는 이런 노루들에게 하루 한 차례씩 먹이를 나누어 주었다. 시래기와 칡넝쿨 썰어 놓은 것, 동백나무 여린 잎들을 따서 포대 자루에 담아 놓은 것들을 꺼내 노루들에게 나누어 주곤 했다. 마치 어린 자식들에게 먹이를 주듯이 그렇게 정성 들여 노루들을 보살피곤 했다. 노루들은 만허 스님을 절대로 무서워하지 않았다. 겁이 많은 짐승들이지만 경계하지 않고 스님의 주위에 몰려들어 그가 손으로 건네주

이 겨울 저녁에 눈이 내린다.
눈은 내려서 온 산천을 덮고 나뭇가지들을
부러지게 만들고 지나간 일들을 아득하게 만든다.

는 먹이를 받아먹곤 했다. 양껏 먹이를 받아먹은 노루들은 고맙다는 듯이 스님을 물끄러미 쳐다보고 있다가 산 중턱 쪽으로 하나 둘씩 올라간다. 그리고 다음 날 오후면 어김없이 다시 관음사 마당으로 내려왔다.

노루들과의 은밀한, 친밀한 약속이 그렇게 이루어지고 있었다. 스님과 노루들과의 깊은 약속은 긴긴 겨울 내내 끊이지 않고 지켜지고 있었고, 그것은 그들만의 비밀스럽고 아름다운 무언의 약속과도 같은 것이었다.

만허 스님은 김장철이 다가오면 이리저리 탐문을 해서 배추와 무, 시래기들을 수집하여 트럭에 가득 가득 실어 오곤 했다. 그것들을 정성스레 포대자루에 담아 창고에 보관했다. 긴긴 겨울 동안 추위와 굶주림에 떠는 노루들을 위한 그의 배려는 가히 눈물겨울 지경이었다. 그것은 실로 보살행이었다.

보살행을 실천하는 스님의 모습은 아주 침착하고 성스러워 보였다. 말보다 실천을 앞세우는 그의 무뚝뚝하면서도 믿음직스러운 행동은 관음사 여러 대중 스님들을 훈훈하게 만들었다. 절에 자주 들르는 신도 보살님들도 그를 도와 노루들의 먹이를 같이 챙기곤 하였다. 그것은 동행(同行)이었다. 동행, 함께 가는 길. 그리하여 그 어떤 어려움과 고통도 함께 나누는 따뜻함이 거기 그들에게 있었고, 여러 일들이 원만해질 수 있었다.

누덕누덕 기운 누더기를 걸치고 노루들에게 먹이를 나누어 주는 스님의 모습은 참으로 아름다워 보였다. 대자대비한 부처님의 행로를 만허 스님, 그는 그렇게 몸소 따라가고 있었다. 그리하여 제주 한라산 관음사는 추운 겨울에도 따스했다. 펄펄펄 눈 내리는 한겨울 오후, 노루들과 어울려 있는 스님의 모습은 한 폭의 동양화, 한 폭의 수채화였다.

세상은 견디기 힘든, 견디기 어려운 일들로 가득하다. 그것들을 감당하지 못해 절망하고, 어떤 이는 죽음을 결심하기도 한다. 안타까운 일들이 하루도 거르지 않고 일어나는 이 번다하고 처참한 계절의 언덕바지에서 우리는 지금 살아가고 있는 것이다. 그 와중에서 아직까지 제정신을 잃지 않고 꿋꿋하게 인내하며 걸어가는 이들이 있기에 세상은 그나마 제 궤도를 이탈하지 않고 돌아가고 있는 것이다.

묵묵하게 자기의 길을 찾아, 자기의 할 일을 찾아 무언의 보살행을 행하는 우리의 도반 만허 스님 같은 이들이 존재해 있기에 그러하다. 무슨 보상을 바라고, 무슨 내세움을 위해 행하는 것은 진정한 행(行)이라 할 수 없다. 아무런 사심 없이, 스스로의 내면에서 우러나오는 저 어떤 강한 '부름'에 의해 행해지는 행이야말로 진정한 구도의 참모습이다.

'만허', 만 가지를, 만사를 모두 비워버린다는 그의 법명처럼 스님은 그렇게 살아가고 있었다. 한겨울, 펄펄펄 눈 내리는 제주 한라산 관음사의 마당에서 노루들과 함께 교감하는 그의 뒷모습은 진실로 아름다웠다. 우리는 그를 일러 우스갯소리처럼 '만허 보살'이라 하였고, 그는 그저 허허로운 표정으로 미소 짓곤 했다.

아무것도 가진 것 없는 비구의 삶이 산자락에 어리는 저녁노을처럼 무너지고 있었다. 무너져서 불꽃처럼 타오르고 있었다. 만허 스님, 그와 함께 보낸 몇 해의 세월이 아득하게 느껴지는 이 겨울 저녁에 눈이 내린다. 눈은 내려서 온 산천을 덮고 나뭇가지들을 부러지게 만들고 지나간 일들을 아득하게 만든다.

만허, 만사를 비우고 허허롭게 하는 그의 보살행이 영원하길 바란다.

새끼 도둑고양이

스님은 82세였다. 승려 생활은 마지막이 가장 중요하다면서 3년여를 가부좌를 틀고 앉아 계셨다. 노구를 견디며 앉아 있었던 후유증으로, 스님은 둔부에 창이 생겼다. 고생이 말이 아니었다. 그러나 스님은 앉아 있기를 고집했다. 멈추지 않았다. 눈물겨운 모습이 아닐 수 없었다.

그 무렵이었다. 거동이 불편한데도 스님은 오후 두세 시쯤에 아무도 모르게 방을 빠져나가 창고 쪽으로 겨우 걸음을 옮기시곤 했다. 나는 조심조심 뒤를 밟았다가 놀라운 광경을 목격했다. 창고 안에는 도둑고양이가 새끼를 서너 마리 낳아 품고 있었는데, 스님은 한 시간 가량 웅크리고 앉아 새끼 고양이들을 지켜보셨다. 아주 아주 자비스러운 모습으로. 사랑스러워 어쩔 줄 모르겠다는 듯한 표정으로.

스님은 그러기를 거의 매일같이 일과처럼 반복하셨다. 아무도 모르게 반복되는 스님의 밀행(密行). 아마도 누가 알면 갓 태어난 새끼 고양이들에게 해가 될까 저어해서 그러시는 모양이었다. 스님의 이런 모습은 도둑고양이가 새끼들을 데리고 그곳, 은신처였던 창고를 떠나갈 때까지 계속 이어졌으리라 생각된다. 사랑스러운 손자들을 바라보듯, 따사로운 햇볕 고운 오후의 한때를 골라 일과처럼 창고 쪽을 오고 가시던 스님의 모습이 새삼 망막을 스친다.

병든 노구를 이끌고 힘들게 한 걸음 한 걸음 떼어 놓으시며 주위를 경계하며 창고 쪽을 오고 가시던 소천(韶天) 큰스님. 그 즈음 나는 3년째 스님을 시봉하고 있었다. 인천 보각사에서였다. 스님은 정화교단 초대 교무부장과 서울 대각사, 경주 불국사, 구례 화엄사 주지 등을 역임하며 호법 구국운동을 전개하시다가, 69세 무렵에 보각사에 주석하시면서 사무를 일신하고 참선과 교화 운동에 전념하셨다.

소천 스님의 행장은 특이하다. 15세 때 서울 종로에 있는 한남서림이란 책방의 주인으로부터 우연히 《금강경》을 전해 받은 뒤로 스님은 《금강경》에 깊이 빠져들었다. 심취했다. 23세 때 서울에서 3·1 독립운동에 참가한 뒤 북간도로 탈출, 김좌진 장군 휘하에 머물다 다시 북경 등지를 거쳐 국내에서 활동했다. 일경의 추적을 당하자 산중 암자에 피신, 이후부터 불교 연구와 구국 구세원리의 선양에 전념했다. 스님은 39세 때 《금강경 강의》를 처음으로 간행, 여러 곳에서 설법하며 수많은 병자들을 한자리에서 고친 적도 있다고 전해진다. 그때부터 세간에서는 스님을 일러 '신 법사(스님의 속성이 신씨다)' 라 부르며 칭송했다.

8·15 광복을 파주의 조그만 토굴에서 맞은 뒤 국토 분단과 좌우익 대립으로 민족이 누란 위기에 처하자 이를 막고자 〈바른 정신〉〈독립의 넋〉 등 수천 매에 달하는 원고를 집필했으나 출판을 하지 못했다. 스님은 54세 때 6·25 전쟁을 맞아 부산으로 이주했다. 그리고 드디어 56세 때 금정산 범어사에서 용성 선사를 은사로, 동선 선사를 계사로 하여 출가했다. 시쳇말로 늦깎이 중의 늦깎이였다.

스님은 《금강경 강의》를 재간하고, '금강경독송 구국원력대' 를 조직하여 구국 구세 호법운동을 전개해 나갔다. 72세 때 활화산 같은 원력으로 《원각경 강의》《반야심경 강의》 등을 차례로 간행했다.

"나라를 구하기 위하여 《금강경》을 독송하자. 나라를 구하는 것은 곧 내 집을 구하는 것이며 내 몸을 구하는 것이며 내 마음을 구하는 것이 된다. ……《금강경》을 독송하면 왜 나라가 구해질까? 《금강경》은 모든 유위법(물질), 무위법(진리)이 나온 곳이며 그로 하여 병든 나라와 정신을 깨끗이 할 수 있기 때문이다."

소천 스님은 '금강경독송 구국원력대의 외침'이란 글에서 이렇게 강조하고 있다.

노후의, 그분의 좌선에 대한 집착과 그 때문에 얻은 참혹한 병고로 인한 시달림, 그 속에서도 놓지 않았던 탐구에의 열정. 스님은 팔십 평생을 마치 석가모니부처님처럼 길에서 보냈다. 만주와 북경, 서울과 심산의 토굴을 전전하며 구도와 구국 구생(救生)의 일념으로 물 흐르듯 살아왔던, 그야말로 수행납자였다. 파란만장했던 그분의 행장이 지금 이 시점에서 새삼 되돌아보임은, 꿈결처럼 아련하게 떠오름은 무슨 연유에서일까.

병든 노구를 이끌고 도둑고양이가 새끼들을 품고 있는 창고로 들어가 한 시간 가량 웅크리고 앉아 지켜보곤 하던 82세의 어느 날, 햇볕 고운 어느 날 스님은 입적하셨다. 스님의 육신은 다비되어 본사인 금정산 범어사 부도전에 모셔졌다. 거기, 부도전 한쪽에 고이 모셔졌다. ■

끝없는 이야기

부처님 닮기는 자기 스스로의 마음을 다스리는 일이다.

그리하여 스스로도 모르게

본래의 모습을 찾아가는 일이다.

계절은 가고 오는 것,
그리하여 우리네 삶의 흔적들도 지워지고
다시 지워지고 새로이 탄생하는 것.

꽃은 멀리서 보는 것이다

중국 남송(南宋) 때의 대혜 선사(大慧禪師)는 깨달음을 얻은 뒤 산수 좋고 험준한 대혜산(大慧山)에 들어가 5년 동안 혼자 지냈다. 먹을거리가 없으므로 산 열매와 도토리, 밤 등을 주식으로 삼아 시냇물을 마시며 그렇게 보임의 날을 보냈다. 산중을 오고 가며 지낸 오 년의 시절이 그러나 대혜 선사에겐 무척이나 소중한 나날들이었다. 혼자 있음으로 하여 스스로를 더욱 깊이 성찰할 수 있었던 것이다.

호랑이, 표범, 늑대, 오소리, 사슴들이 대혜 선사의 움막 주위에 나타나서 그를 물끄러미 쳐다보다 가곤 했다. 그들이 대혜 선사, 그의 친구요, 도반들이었다. 파적(破寂)의 한때, 그는 이러한 짐승들과 무언의 대화를 나누며 미소짓곤 했다. 칡을 캐서 질근질근 씹으며 호랑이의 머리를 쓰다듬어주기도 했다. '으흥, 으흥' 하고 호랑이는 꼬리를 설레설레 흔들며 즐거워했다.

눈이 쏟아지기 시작했다. 눈이 쏟아지기 시작하는 긴 겨울이 오면 선사는 토방에 틀어박혀 주워다 놓은 도토리, 밤 등을 심심풀이로 까먹으며 무연히 온 산천을 뒤덮으며 쏟아져 내리는 눈발을 바라보았다. 겨울은 무척이나 길었고, 눈은 그칠 줄 모르고 대혜산의 준봉들 위로 내리고 내렸다. 선사의 움막은 눈에 뒤덮여 금방이라도 무너져 내릴 듯했다. 선사는 해다 놓은 땔감으로 군불을 지피고 피어오르는 굴뚝의 연기와 쏟아져 내리는 눈발을 바라보았다. 눈발의 무게를 견디지 못하여 나뭇가지들이 툭툭 부러지는 굉음을 들었다.

외로움도 때로는 약이 되는 법. 선사는 저 내밀한 안쪽에서 차오르는 선열(禪悅)을 맛보았다. 그것은 누구나 감지할 수 없고 누구나 그 충만함을 짐작조차 할 수 없다. 오직 깨달은 자만이 누릴 수 있는 깊디깊은 즐거움이다. 대해에 떠다니는 표주박처럼 한정 없이 법의 경계를 넘나들다 선사는 다시 제자리로 돌아와 툭툭 부러지는 나뭇가지들의 굉음을 들었다.

자연법(自然法)은 곧 심법(心法)이다. 겨울이 가면 봄이 오듯, 마

"꽃은 멀리서 보는 것이다.
꽃은 구름 보듯 멀리서 보는 것이다."

음의 고뇌가 사그라지면 평안이 찾아오듯, 자연은 속이지 않고 어기지 않고 큰 질서 속에서 윤회한다.

산중에 살면 가슴 속이 맑고 시원해서 만나는 사물마다 재미가 있다. 외로운 구름과 들판의 두루미를 보면 속세를 초월한 듯하고 바위틈에 흐르는 샘물을 만나면 티끌 생각이 씻기는 듯하다.

늙은 전나무와 차가운 매화를 어루만지면 굳센 절개가 일어서고, 모래밭 갈매기와 깊은 산 사슴을 벗 삼으면 마음의 번거로움을 문득 잊는도다. 그러나 만일 한 번 속세로 뛰어들면 비록 외물(外物)과 상관하지 않을지라도 이 몸이 부질없이 되고 말리라.

대혜 선사는 옛 사람의 어록을 떠올리며 아궁이 속 타오르는 불길 속으로 하나씩 하나씩 천천히 장작개비를 던져 넣었다. 불길은 활활 타올랐다. 번뇌의 잔해를 태우듯 불길은 활활 타올랐다. 모든 것은 덧없다. 무상하다. 허무하고 허무하다. 그리하여 번뇌는 밤하늘의 별빛처럼 반짝이고 반짝인다. 영롱하고 영롱하여 눈물겹다.

무릎까지 빠지던 눈도 녹고, 대혜산이 자신에게 인연이 닿지 않은 까닭일까? 선사는 하산을 결심하고 동구 밖을 향해 걸어 나가기 시작

사람이 살지 않는 곳에도 길은 있다

했다. 그가 몇 마장쯤 걸어 나가자 호랑이, 표범, 늑대, 뱀, 오소리, 여우 등이 앞을 막아서서 비키지 않았다. 선사는 일갈했다.

"내가 이 산에 인연이 있다면 너희들은 당장 산 속으로 들어가라. 그리하면 내 또한 다시 움막으로 되돌아가리라."

선사의 일갈이 떨어지자마자 짐승들은 일제히 산 속으로 사라졌다. 선사는 탄식했다. 어찌하랴, 이 산이 내게 인연이 닿아 있음을. 얼마 후 승려들이 산으로 찾아들기 시작하고, 소문을 들은 인근 부호들이 절을 지어주었다.

대혜산엔 유난히 산도화(山桃花)가 많았다. 한 승려가 선사에게 말했다.

"스님, 가까이서 보니 꽃은 별로 아름답지가 않군요."

선사는 미소 띤 얼굴로 이렇게 답했다.

"꽃은 멀리서 보는 것이다. 꽃은 구름 보듯 멀리서 보는 것이다."

세월이 지나면
모든 것이 허망한 것을

수년 전, 나는 암을 앓고 있는 어느 신도를 위해 느릅나무 껍질을 두어 번 구해다 준 적이 있었다. 느릅나무 껍질이나 뿌리를 달여 마시면 암 억제에 효험이 있다는 이야기를 듣고서였다. 그러나 그 나무가 흔치 않았다. 나는 수소문 끝에 소백산 자락에서 이십 년쯤 살고 있는 처사를 소개받았고, 그의 거처 주변에 나무가 있다는 사실을 알고 무척 기뻤다. 흔치 않은 나무라 뿌리는 차마 캘 수 없었고, 가지 두어 개를 잘라 껍질을 벗겨 아픈 이에게 가져다주었다.

그이는 열심히 그 느릅나무 껍질을 달여 먹었다. 껍질이 떨어질 쯤해서 나는 다시 한 번 소백산 기슭을 타고 올라 그것들을 마련해주었다. 나중에 알고 보니 그 나무껍질은 쉽게 구할 수 있는 물건이었다.

영주나 봉화, 영양 등 깊은 산과 인접해 있는 고장의 장날에는 그 느릅나무 껍질을 비롯하여 여러 가지 약재가 많이 나온다는 것이었다.

나는 그 이후 소백산 자락을 허위허위 힘겹게 오르지 않아도 되었고, 그곳에 살고 있는 처사의 눈치를 보며 나뭇가지를 자르지 않아도 되었다. 늘 미안해하던 아픈 이도 다행스러워했고 나는 짐을 덜어 어깨가 가벼웠다. 그저 그 달인 물이나마 끊이지 않고 계속 마셔 그가 어서 쾌유하길 빌 따름이었다.

사람의 목숨은 하늘에 달려 있다 했던가. 자신의 병을 이기려 애쓰던 그이는 그러나 지금 이승에 없다. 일찌감치 그 나무, 효험이 있다는 느릅나무 껍질을 달여 먹지 못해서였는가, 아니면 병이 이미 너무 깊어 백약이 무효해서였는가. 그이는 지금 우리 곁에 없다.

어쩌다 장날 시장을 지나칠 때면, 나는 시골 아낙들이 쭈그리고 앉아 몇 가지 약재들을 늘어놓고 팔고 있는 그 앞에 한참이나 서 있다. 둥글게 말려 있는 느릅나무 껍질을 들여다보고 서 있다. 소백산 자락에서 남의 눈치를 살피며 조심스레 톱으로 가지를 자르고 손도끼로 쳐 가며 껍질을 벗겨 자루에 담던 그 소중한 약재가 지금 내 앞에 이처럼 흔하게 나와 있지 아니한가. 아픈 생명을 구하고자 뜨거운 여름날 구슬땀을 흘리며 허위허위 산자락을 타고 올라 메고 오던 그 귀한 약재가 지금 여기 지천으로 널려 있지 아니한가.

세월이 지나고 나면 모든 것은 허망해진다.

지난 봄, 집 수리를 하느라 일꾼 몇 명을 불러 보름 가까이 같이 움직인 적이 있는데, 어느 날 점심때 한 사람이 내게 말했다.

"스님, 저게 느릅나문데 흔치 않은 거요. 암에 효험이 있다더군요. 그냥 껍질을 벗겨 보리차처럼 달여 마시면 음료로도 좋습니다."

그가 손으로 가리키는 곳을 보니 빨랫줄 한쪽에 묶여 있는, 내가 무심히 보아 넘겨 온 십오륙 미터쯤 자란 그저 그런 나무였다.

등잔 밑이 어둡다고 했던가. 세월이 지나고 나면 모든 것은 허망해진다.

우리가 물이 되어

5년 전쯤에 스리랑카를 방문한 적이 있다. 동남아의 진주라고 불리는, 짙푸른 바다 가운데 떠 있는 아름다운 섬나라 스리랑카에서 나는 참으로 신비하고도 경이로운 경험을 하며 얼마간을 보냈다.

인도의 요가와도 비슷한 그이들의 춤 동작과 부처님을 향한 그이들의 끝이 없는 경배의 모습은 아름다웠다. 스리랑카 국민의 대부분은 철저한 불교 신자요, 그야말로 진실하고 착한 불자들이다. '나눔'을 향한 그이들의 마음 씀씀이도 각별하다. 스님들의 공양을 늘 준비해 놓고 기다리며 꽃과 향, 밥 등을 준비하며 하루를 보내는 그이들의 삶은 아름답다. 세계 어디에서도 볼 수 없는 미묘하고도 성스러운 모습이 아닐까 한다.

부처님 닮기는 자기 스스로의 마음을 다스리는 일이다.
그리하여 스스로도 모르게
본래의 모습을 찾아가는 일이다.

부처님 곁으로 가까이 다가가기 위한 스리랑카 스님들의 기원은 각별하다. 부처님 곁으로 가서 부처님을 닮아 보려는 그이들의 마음은 아무런 보답도 대답도 바라지 않는, 하나의 티끌도 없는 기원일 따름이다. 무구한, 때 묻지 않은 그이들의 눈빛을 지켜보면서 나는 오랜만에 깊은 감회에 젖었다. 부처님을 향한 아득한 그리움으로, 그리하여 부처님을 닮아 보려고 하는, 닮아 보고자 하는 그이들의 모습이 어떤 애틋한 향수 같은 느낌을 내게 주었기 때문이다.

고요한 듯, 조금은 찬란한 듯한 스리랑카의 사원 앞뜰에서 그이들이 펼치는 한마당 축제는 밤이 깊도록 그칠 줄 모르고 이어지고 있었다.

'부처님, 붓다, 나무 나무관세음 보살, 미륵보살……'

그이들은 이렇게 외우고 외우면서 아름답게 합장하고 있었다. 나의 가슴속에 뜨거운 감동의 기운이 솟구쳐 올라 그만 눈시울이 조금씩 붉어지기 시작했다. 부처님 닮기는 자기 스스로의 마음을 다스리는 일이다. 그리하여 스스로도 모르게 본래의 모습을 찾아가는 일이다.

평안한 마음가짐으로 어느 날 문득 외진 산사의 오르막길을 오를 때, 그대들은 어떤 기쁨을 누리리라. 땀을 흘리면서 걷는 어느 후미진 산길에서, 그대들은 스스로도 모를 어떤 기쁨으로 충만해지기 시작할지도 모른다. 그것이 바로 불심(佛心)이다.

스리랑카, 그때의 기억들을 떠올리면서 깊은 밤 가만히 앉아 우짖는 밤새 소리를 듣는다.

우리가 물이 되어 바다로 흐른다면

그 또한 기쁘지 않으랴

우리가 부처님 닮아 아무도 모르는

'니르바나' 의 깊은 강물 속으로

흐르고 있다면 그 또한 기쁘지 않으랴

우리가 물이 되어 비가 되어

온 천지를 적신다면

그리하여 모든 이들 웃게 만든다면

그 또한 기쁘지 않으랴

꿈속 같은 어느 날

후드득 쏟아지는 비를 바라보며

그저 그렇게 창가에서 가만히

있는 것도 좋지 않으랴

우리가 물이 되어 우리가 부처님 닮아

강으로 흐른다면 그 또한 기쁘지 않으랴

독실한 불자인 시인 강은교 보살의 시 구절이다. 부처님을 닮아 가는 길은 따로 없고, 그저 착한 마음으로 스스로의 길을 걸어감으로써 행(行)해지는 것임을 모두들 알고, 그것을 실천해 나가야 한다. 그러하기를 빌고, 또한 그러하리라 믿는다.

여러 불자님들에게 따뜻한 안부를 전한다. 부처님을 닮아, 조금씩 부처님 곁으로 다가가기를 기원하면서…….

새옹의 말

한때의 이득이 다가오는 장래에 해가 되기도 하고, 한때의 화가 장래에 복이 되기도 한다. 인생의 길흉화복은 무상하고 변화가 많다.

옛날 중국 북방의 어느 마을에 어떤 노인이 살고 있었는데, 그가 기르던 말이 먼 곳으로 달아나버렸다. 이웃들이 찾아와 그 불행함을 위로하자 노인은 오히려 행복한 결과가 있을지 누가 알겠느냐고 대답했다. 몇 달 만에 달아났던 말이 한 필의 준마를 데리고 돌아왔다. 이웃들이 찾아와 축하해 마지않자, 노인은 불행이 될지 어찌 알겠느냐고 하면서 그저 담담해했다. 얼마 뒤 노인의 아들이 그 준마를 타고 놀다가 떨어져 다리를 크게 다쳤다. 이웃들이 다시 그 불행을 위로하자 노인은 이 사고가 행운이 될지 누가 알겠느냐면서 무심히 대답했다. 일 년여의 세월이 지났다. 변방의 오랑캐들이 대거 침략해 들어오자 나라에선 장정들을 징집했다. 전쟁터에 나간 장정들은 거의 몰살당했지만, 노인의 아들은 절름발이였으므로 전쟁터에 나가지 않아 무사했다.

회남자(淮南子)의 인간훈(人間訓)에 나오는 이야기로, 흔히들 인간사의 행과 불행을 두고 이 고사를 빌어 '인간만사 새옹지마(塞翁之馬)'라고들 한다. 한 치 앞을 내다볼 수 없는 게 우리네 인간사다. 오늘의 불행이 내일의 행복이 될 수도 있고 오늘의 행복이 내일의 불행이 될 수도 있다. 이처럼 무상하게 전전하는 섭리를 두고 스스로를 위로하기 위해 이런 이야기가 만들어졌는지도 모른다. 아마도 그러하리라.

어떤 면에서 인간은 어리석지만 지혜로운 면모도 있다. 그 지혜로운 면모가 되새겨 보면 별것도 아닌 이런 이야기를 만들어내어 지금까지 약간의 위로로 삼으려 해왔음직하다. 좋지 않은 일이 생겼을 때 '인간만사 새옹지마인데……' 하면서 서로를 위로하며 살아온 게 나약한 우리네의 삶이 아니던가.

군사 쿠데타를 일으켜 무소불위의 권력으로 한 시대를 풍미했던 군인들의 한국 현대사가 그것을 잘 증명해주고 있다. 한 사람은 충직

사람이 살지 않는 곳에도 길은 있다

했던 부하가 쏜 흉탄에 맞아 비명에 갔고, 또 한 사람은 하루아침에 사형수의 몸이 되어 감옥에 갇혔다가 풀려났지만, 지금껏 세상 사람들의 지탄을 받으며 좌불안석 전전긍긍하고 있다. 그들이 권력을 잡고 떵떵거릴 때는 모두 눈치를 보며 혹시 한 자리 얻을까 하는 심보로 갖은 아양을 떨어댔지만, 지금은 누가 그들 발밑으로 가려 하겠는가.

천 년, 아니 이천여 년이 지난 이 시절에도 '새옹지마'의 교훈은 살아서 빛을 발한다.

일체유심조(一切唯心造). 불가의 전래문자로, 모든 것은 마음으로부터 비롯된다는 뜻인바 어떤 면에서 '새옹지마'와 그 맥을 같이하고 있다고 볼 수 있다. 인간의 마음은 멈추어 있지 않고 수시로 움직이고 변화한다. 심지어 잠을 잘 때도 꿈을 꾸면서 요동을 친다. 그 마음을 잘 붙잡아 다스려서 오로지 바른 길로만 가게 만들기 위해 종교가 필요하고 가르침이 필요하다. 천변만화하는 마음의 형태, 마음의 핵을 간파하면 부처, 즉 깨달음의 위치에 오를 수 있다. 그 길을 위하여 오늘도 승속(僧俗)을 막론하고 수많은 이들이 수행에 수행을 거듭한다.

늦가을 비 한차례 지나간 오늘, 산사의 하루는 조금 시원한 듯하다.

산사의 뜨락을 거닐며

법기(法器)는 현세에서 만들어지는 것인가. 아니면 전생, 그리고 전전생을 통하여 세세생생 닦아 온 수행의 결실이 지금 현세에 와서 그 열매를 맺는 것인가.

큰스님들의 말씀에 의하면, 법기는 하루아침에 만들어지는 게 아니라고 했다. 탁마하고 탁마하여 비로소 꽃을 피우고 열매를 맺는다고 했다. 그러하다면 오늘의 모든 수행자들 또한 전생, 전전생을 통하여 닦아 온 마음밭을, 그 농사를 반복하여 짓고 있는 셈이다.

비와 바람과 눈보라를 견디며 한 알의 씨앗이 싹을 틔우고 꽃을 피우고, 열매를 맺듯 법기는 그렇게 만들어지는 것이다. 대장간의 이글거리는 불로 달구어지고 담금질되어 비로소 보잘것없는 쇳덩이가 호

인간의 생명은 유한하다.
유한한 생명의 수행길에서 한 삶을 마감하고
잠시 쉰 뒤 문득 이승에 다시 태어나 못 다 간 길을
터벅터벅 다시금 걸어가는 것이 아닌가.

미, 낫, 도끼 등 쓸모 있는 연장으로 태어나듯 법기 또한 그러함이다.

중국 선가(禪家)의 한 획을 긋는 걸출한 인물, 마조 도일(馬祖道一)
은 태어날 때 두 발바닥에 수레바퀴의 문양을 띠고 있었다. 수레바퀴
의 문양은 곧 법륜(法輪)을 뜻한다. 그러하다면 마조 도일은 전생의 수
행길을 이승으로 연장해 왔단 말이던가.

인간의 생명은 유한하다. 유한한 생명의 수행길에서 한 삶을 마감
하고 잠시 쉰 뒤 문득 이승에 다시 태어나 못 다 간 길을 터벅터벅 다시
금 걸어가는 것이 아닌가. 그렇다면 법기, 법기는 과연 타고나는 것이
란 말이던가.

중국 선종(禪宗)의 제4조 도신(道信)은 어느 날 길을 가다가 한
소년을 만났다. 이 소년의 나이가 당시 불과 일곱 살이었다고 전해
진다. 외모가 빼어나게 곱상한 이 소년에게 도신이 물었다.

"네 성이 무엇이냐?"

소년이 답했다.

"불성(佛性)이 저의 성입니다."

도신은 크게 놀랐다.

"그렇다면 너는 성이 없구나."

"그렇습니다. 불성은 원래 공(空)하다고 하지 않습니까?"

도신은 동자의 부모에게 시자를 보내 동자의 출가를 권했다.

이 동자가 바로 오조 홍인 대사다. 출가한 뒤 오조 홍인은 삼십 년 동안 도신 스님의 곁을 떠나지 않고 시봉했다. 이리 살펴보건대 법기의 씨앗은 따로 있어 그 씨앗을 이승에 새로이 뿌리고 있다고 봐야 할 것인가. 이 또한 정답은 아니다. 정답이 될 수 없다.

일찍이 붓다께선 일체중생에게 다 불성이 있다고 했고, 조주 선사는 개에게는 불성이 없다고 설파했다. 정답은 있어도 되고 없어도 된다.

오늘, 진눈깨비 휘날리는 늦은 겨울 산사의 뜨락을 거닐며 문득 옛 선사들의 오고 감을 새삼 떠올려 본다.

봄날의 늦은 하오

 목련꽃이 피어 있다. 목련꽃, 부는 바람결에 우수수 하염없이 떨어지고 있다. 계절은 가고 오는 것, 그리하여 우리네 삶의 흔적들도 지워지고 다시 지워지고 새로이 탄생하는 것. 바람결에 떨어져 내리는, 나부끼는 목련 꽃잎들을 그저 무심하게 바라보고 있는 이 늦은 하오 산사의 뜨락은 적요하다.

짙은 향기를 뿜어내던, 만개한 목련의 자태가 부는 바람결에 그 향기를 조금씩 잃어 가는 이 늦은 하오에, 무언가 아련한 기억의 편편들이 내 망막의 저편에서 떠오르고 있다. 그것들은 하나의 아름다운 선문답으로, 그렇게 흔들리고 있다.

엄마 손잡고 오고 가던 아이들이 까르르 웃음꽃을 피우며 나부끼

사람이 살지 않는 곳에도 길은 있다

는 목련꽃잎들을 올려다보고 있다. 아이들 또한 꽃잎처럼 허공으로 나부끼고 있다. 깨달음은 고요히 흘러가는 강물 같은 것인가, 한밤중 좌선의 한가운데 툭, 하고 떨어지는 한 개 가벼운 돌멩이 같은 것인가. 아름다운 선문답 하나가 까르르 웃음꽃 피우는 아이들의 곁으로 일어났다 스러지고 있다.

이제 봄날은 가고 있다. 더워지기 시작하고 있다. 조금 있으면 땀 흘리는 무더운 여름이 와서 세상을 온통 삼복더위로 찜통처럼 데우리라. 산으로 바다로, 사람들은 더위를 피해 몰려가고 몰려가리라. 계절은 가고 오는 것, 우리네의 삶도 또한 그러하다.

그대들, 절묘한 시 한 구절 남기고 싶지 아니한가. 다 부질없지만 시 한 구절 훌쩍 남기고 저 멀리로 바람처럼 떠나고 싶지 아니한가. 연등 만드느라 바삐 손놀림하는 보살들이 자기네들끼리 무엇이 그리 재미있는지 마치 아이들처럼 까르르 웃음보를 터뜨리고 있다. 그 웃음소리 늦은 하오의 산사 뜨락의 적막을 깨뜨리고 있다.

그대들, 보살들도 절묘한 시 한 구절 남기고 어느 저 머나먼 피안의 언덕바지로 떠나고 싶지 아니한가. 떠나서 거기 오래 머물고 싶지 아니한가. 산사의 하루도 이제 저물어 가기 시작한다. 깊은 어둠이 곧 찾아와서 만사를 덮어버리리라. 파릇파릇 새 움이 돋아나는 나뭇가지들을 무연히 바라보면서 혼자 가만히 서 있다. 아무것도 생각하지 않는다.

조금 있으면 잎들이 무성해서 이 산사를 가득 덮어버리리라. 오랜 도반을 찾아 한번 나도 훌쩍 떠나 볼까, 떠나가서 그이와 함께 향기 나는 차를 나누면서 밤새도록 앉아나 있을까. 밤 뻐꾸기 밤 소쩍새 우는 그이의 토굴에서 그저 가만히 앉아 긴긴 밤을 꼬박 새워나 볼까. 그이의 토굴 언저리, 묵정밭을 일궈 가꾸는 상추 쑥갓들은 지금쯤 싹이 났을까, 싹들 바라보며 잡초를 뽑아주며 그이는 그렇게 머물고 있을까.

산천초목이 하루가 다르게 푸른빛을 짙게 하는 이 계절의 문턱에서 오랜만에 오랜 도반을 떠올리며 감회에 젖는다. 좋아하는 《유마경》 한 줄 두 줄 읽으며 이 늦은 하오의 적막을 그이는 홀로 누리고나 있을까. 그러할지도 모른다. 그 경전의 행간 사이로 스며들어 어느덧 자신도 모르게 잠적해버렸을지도 모른다.

집착을 버리면 심안이 열리리라. 만고광명(萬古光明)이 그대 정수리를 비추리라……..

산사의 하루는 저물어서 저 산자락 끝에서 어둠이 몰려오고 있다.

깨달음은 외로움인가

깨달음을 얻고 난 뒤에도 괴로워해야 하는 것인가? 그러할까. 허나 그러하다고 들었다. 보임의 긴 시간을 가져야만 한다고 들었다. 저 먼 시절의 육조 혜능도 9년 가까이 숨어 지냈다. 대혜 선사 역시 마찬가지였고, 황매 선사 역시 그러했다. 고요한 시간을 거슬러 올라가, 그들은 스스로의 역사를 만들었다. 쓰라린 그들만의 역사 속으로 빠져 들었다.

원효 스님께선 해골바가지에 담긴 물을 마시고 크게 놀랐다가 순간 크게 깨달았다. 원효 스님 역시 기나긴 보임의 시절을 보냈다. 신라 서라벌 장안을 술에 취해 헤매면서 온갖 기행을 일삼았다. 그러다 요석 공주를 만나 사랑했다. 미친 듯이 사랑하다 설총을 낳았다. 우리 한

글 문학사의 신기원인 '이두'를 만든 설총은 바로 원효 스님의 아들이다. 그러했다.

서산 대사는 깨달음을 얻은 뒤 이십 년 가까이 묘향산에 머물며 아무 말도 하지 않았다. 벙어리처럼 있었다.

깨달음은 그처럼 무서운 것인가?

깨달음은 그처럼 어리석은 것인가?

깨달음은 진실로 그처럼 화려한 것인가?

눈물처럼 아름다운 것인가?

깨달음은 또 다른 절망인가?

그럴지도 모른다. 아무도 알아주지 않는 절망의 순간들을 스치면서 그렇게 이루어지는 것인가? 깨달음은 외로움이고, 그 외로움을 지키기 위하여 괴로워하는 것인가?

늦은 가을에 죽어가고 있는 들꽃을 바라보면서 초연히 서 있는 한 늙은 행자의 뒷모습이 떠오른다. 비끼는 저녁노을을 향해 무심하게 서 있는 행자의 뒷모습은 그저 들꽃이다. 외로움, 외로움을 지키기 위해서다. 사무치는 그리움으로, 왠지 모를 뼈에 사무치는 그리움으로, 죽어가는 들꽃 옆에서 그이들은 그처럼 서 있었다.

 사람이 살지 않는 곳에도 길은 있다

소소한 가을바람 소리에 놀라 깨 보니
서리 친 단풍잎만 뜨락에 가득하네.

깨달음은 꿈인가?

꿈처럼 애매하고 황당한 것인가?

아무도 모르는, 아무도 알지 못하는 어느 외진 마을에 눈이 내린다. 눈 내려 쌓여 길이 없다. 길이 없어 아무도 보이지 않는다. 누가 살고 있을까? 아무도 모르는, 아무도 알지 못하는 어느 외진 마을에 눈이 내린다.

갠 날 푸른 하늘도 문득 변하여 우레 울고 번개 치며, 돌개바람 불고 소나기 쏟아지는 하늘도 갑자기 밝은 달 뜬 맑은 하늘이 되니, 천지의 작용이 어찌 한결같을 수 있으랴. 털끝만 한 막힘 때문에 변화가 생겨나니 사람의 마음바탕도 이와 같지 아니하랴.

지금 여기서 우리 한국 근세의 선승 경허 스님의 시 몇 편을 올려 기릴까 한다. 득도 후 너무 외로워 전국을 떠돌다 쓴 이 다섯 편의 시는 우리를 울리고 또한 저리게 만든다.

노을 비낀 빈 절 안에서

무릎을 안고 한가로이 졸다가

소소한 가을바람 소리에 놀라 깨 보니

서리 친 단풍잎만 뜨락에 가득하네.

시끄러움이 오히려 고요함인데

요란하다 해도 어찌 잠이 안 오랴.

고요한 밤 텅 빈 산 달이여,

광맹으로 베개 하겠네.

일없이 오히려, 할 일이거늘.

사립문 밀치고 졸다가 보니

새들은 나의 외로움 알아차리고

창 앞에 그림자 되어 스쳐 가네.

깊고 고요한 산에서 졸고 있는 내 행색,

온 세상에 그냥 그대로 놓아두리라.

일이 있는데 마음 헤아리기 어려워

그냥 잠을 잔다.

아무도 오지 않는 문 안에서

그냥 바람 소리 벗 삼아 잠을 잔다.

눈이 내린다

다시는 돌아오지 못할 곳을 향하여 그렇게 지금 눈이 내린다. 부슬부슬, 눈물처럼 눈이 내린다. 눈은 온 산천을 뒤덮고, 그리하여 참으로 고요해진다. 아무도 없는, 가만히 앉아 있는 이 새벽. 새벽세 시였다. 조그만 목침을 베고 누웠다 일어났다 하다가 그만 조용히 앉아 있다.

무엇인가? 이 늦은 저녁에 무엇인가? 다시는 돌아오지 못할 곳을 향하여 그렇게 눈이 내린다. 머나먼 저 머나먼 기억 속에 눈이 내린다. 고요하다 못해 눈물겨운 새벽에 눈이 내린다. 그러하다. 춤추는 접목(接木)에 꽃이 필 때 네가 나를 바라보는 꿈이었다. 한 가지 환상이었다. 그러하다.

이 새벽에 창밖에 내리는 눈발을 보면서 또 무언가를 생각하면서 그러나 그 모든 생각을 지우면서 가만히 앉아 있다. 삶은 견디기 힘들고 삶은 또다시 저 머나먼 곳을 향하여 떠나는 것임을. 절망은 또 다른 희망을 부르는 것인가? 그러할지도 모른다.

아무도 보지 않는, 아무도 그리워하지 않는 새벽에 눈이 내린다. 다시는 돌아오지 못할 곳을 향하여 눈이 내린다. 신새벽에 조금씩 조금씩 눈이 내린다. 추억처럼 눈이 내린다. 추억은 내리는 눈발 속에 있는 것인가? 아무도 모른다. 눈은 그저 내릴 뿐이고, 그리하여 고요해질 뿐이다.

산방(山房)엔 아무도 없다. 이 처절한 고요함만이 가득하다. 절망은 또 다른 절망을 부르고 그리하여 아득해진다. 아무도 없는 나라에 눈이 온다. 눈은 온 산천을 뒤덮고 이 산사의 적막을 깨뜨린다.

아무도 오지 않는 새벽에 눈이 내린다. 그칠 줄 모르고 하염없이 내리는 눈발을 바라보며 그냥 가만히 앉아 있다. 아무도 살지 않는 나라에 눈이 내린다. 알지 못할 한 맹세가 시퍼렇게 떨다가 스러지고 그 소리를 듣지 못한 소리가 그 위에 몸 비비며 스러지고 그 소리를 지키지 못한 소리가 소리 뒤에 쌓인다. 누구도 들을 수 없는 나라에 소리가 내린다. 소리 뒤에 고요히 내린다. 아무것도 볼 수 없는 나라에 눈이 내린다.

눈이 내린다. 눈은 저 어느 머나먼 곳을 향하여 내리고 내린다. 다시는 돌아오지 못할 곳을 향하여 눈이 내린다.

법명

풍진 세상을 등지고 발심하여 출가하면 가장 먼저 삭발하고 먹물 옷을 입는다. 그러고는 공양간에 들어가 밥도 하고 국도 끓이고 반찬도 만들고 나무도 해 오고 군불도 때고 청소도 하고……. 온갖 허드렛일을 눈코 뜰 새 없이 해댄다. 일도 일이지만 일을 통해 잡념을 잊고 하심을 하고 산중생활의 이모저모에 익숙해지길 바라는 뜻에서다.

속세에서 국회의원을 해먹었거나 장관을 해먹었거나 면서기를 해먹었거나 똥지게를 졌거나 산중에선 알 바 없다. 새로운 삶, 구도의 길을 찾아 나서는 데 그런 세속적인 과거사는 아무런 소용이 없기 때문이다. 그런 판국에 좀 높은 자리에 있었고 비교적 윤택하게 살았고 많이 배웠고 뼈대 있는 집안이었고 하는 것은 우스운 일이 아닌가. 아무런 도움도 되지 않는 그런 하찮은 것에 연연하여 자기도 모르게 목에 힘을 주고 내세우고 하여 끝내 얼굴을 붉히고 화가 치밀어 올라 어쩔 줄 모르는 행태를 연출한다면, 그것은 얼마나 어리석은 일이고 스스로에게 잘못을 범하는 것인가. 그리하여 무엇보다 자기를 낮추는 것, 하심이 중요하다.

밥하고 국 끓이고 허드렛일을 하는 것보다 더 중요한 게 있으니 다름 아니라 일상생활에서의 규범이다. 세간에 있을 때는 아무 옷이나 걸치고 아무거나 먹고 아무 데나 앉고 눕고 아무 말이나 마구 하고 오고 가는 것도 제멋대로였지만, 산중에서의 삶은 절대로 그리해선 안 되는 법. 행주좌와에 있어 정해진 규범대로 법도대로 행하고 지켜 나가야 한다. 팔을 휘저으며 제멋대로 마구잡이로 걷는다거나 함부로 침을 퉤퉤 뱉고 큰소리로 떠든다거나 밥이나 국을 먹고 마실 때 쩝쩝 후루룩 하며 듣기 안 좋은 소리를 낸다거나 하면 안 된다. 염불을 외우고 경을 배우기 이전에 가장 먼저 익혀야 하는 이런 법도를 절대로 소홀히 해선 안 된다. 행자 생활은 이리하여 아주 중요하다.

일 년 이 년 하던 행자 생활을 요즘은 6개월 정도로 끝내고 곧바로 수계를 하여 정식으로 중을 만든다. 무엇이 급해 이처럼 기간을 단축했는지 알다가도 모를 일이다. 6개월이면 입산해서 이제 갓 절간 생활에 익숙해져 갈 무렵이 아닌가. 아직 젖을 떼지 않은 아기에게 억지로

풍진 세상을 등지고 발심하여 출가하면

가장 먼저 삭발하고 먹물 옷을 입는다.

밥을 떠먹이는 것과 무엇이 다르랴. 순리도 모르고 치러내는 이런 의식도 아닌 의식은 재고되어야 마땅하다. 행자로서의 수행 기간은 길면 길수록 좋다. 그것이 행자 자신을 위해 더욱 좋은 일임에는 재고의 여지가 없다.

이런 모든 수행 기간을 보내고 수계를 하면 은사나 계사로부터 법명이 내려진다. 이 법명은 그가 승려 생활을 하는 동안 쭉 따라다닐 새로운 이름이다. 김막동, 이개똥, 박말자, 허미녀 등등의 속세의 이름은 이때부터 없어지는 것이다. 과거 속으로 사라져버리는 것이다. 팔뚝에 계를 꼭 지키겠다는 맹세의 표시인 연비를 뜨고 가사 장삼을 수하고 나면 이제 어엿한 정식 스님이다. 그 정식 스님 위에 붙여지는 게 바로 법명이다.

법명은 엄숙하고 거룩하다. 그 법명에 걸맞게 행동하며 정법을 배우고 호지(護持)해 나가는 것이야말로 수계자의 승려로서의 진정한 본분이다. 법명은 천언만어(千言萬語)이고 가지각색이지만 참으로 시적이고 그윽한 법명들이 있으니 실례가 안 된다면 몇 분 거명하며 보겠다.

조선조 말엽 경허 스님의 큰 제자 …… 수월(水月)·혜월(慧月)·월면(月面)·만공(滿空), 그리고 지월(指月)·월하(月下)·월주(月珠)·월탄(月誕) 등, 달 월(月) 자가 들어가는 여러 스님네의 법명은 가히 일품이라 할 만하다. 또한 옛적 해남 대흥사에 주석하시던 청우(聽雨) 스님. 청우, 빗소리를 듣는다, 빗소리를 듣고 관조한다……. 얼마나 좋은가.

수계하고 새로이 법명을 받는, 앞으로 이 땅에 신선한 선풍(禪風)을 드날릴 납자들의 앞날에 축복을 보낸다.

방생의 날

이른 새벽, 깨끗하게 청소를 하고 몸을 씻고 옷을 갈아입고 향로에 향을 피우고 차를 한 잔 끓여 앞에 두고, 밝아 오는 새 날을 맞는다. 산사의 하루를 조촐하게 시작한다. 나만이 이렇게 이른 새벽을, 새 날을 맞는 게 아니라 이 산중의 살아있는 모든 것들이 다 깨어나 수런거린다. 새들은 저들끼리의 언어로 무엇인가를 주고받으며 바쁘게 그들 나름의 일상을 꾸린다. 나보다 이들이 더 바쁘고 분주하다.

그리하여 새벽은 영롱하다. 살아있는 모든 것은 유한하다. 유한한 생명을 부지하고 영위하기 위해 쉴 새 없이 움직이고 교신하고 자기만의 영토를 확장해 나간다. 만물의 영장이라고 자처하는 인간이나 미물이나 그런 면에선 다름이 없다. 인간이 쉼없이 으르렁거리며 서로 다

투고 뺏고 뺏기고 화해하고 다시 반목하듯 미물의 세계도 이와 별로 다르지 않다. 미물들도 영토 경쟁과 먹이 경쟁을 쉼없이 한다. 이 모두 유한한 생명을 부지하고 영위하기 위한 것임은 물론이다.

나는 새를 본떠 비행기를 만든 인간의 지혜나 천 길 낭떠러지 암벽에 둥지를 마련한 독수리의 지혜가 무엇이 다르랴.

지저귀는 새소리에 새벽 공기가 한층 더 청량해진다. 향로의 향연은 가늘게 곧게 피어오른다. 끓여 놓은 차를 한 모금 두 모금 조금씩 마신다.

오늘은 경남 양산에 있는 영축산 통도사 말사에서 비구니스님들이 여러 신도들과 함께 방생을 하러 오는 날이다. 우리 절 아래 흐르는, 낙동강 상류의 맑은 강물에 물고기들을 풀어 놓겠다고 얼마 전 답사차 온 한 스님이 내게 말했다.

어부들이 잡아 온 물고기들을 그냥 두면 죽는다. 횟감이 되어 찌개감이 되어 죽게 된다. 그래서 풀어 놓아 살려주자는 것이 방생의 목적이다. 생명을 존중하자는 뜻이 그 속에 내포되어 있음이다. 허나 이 시절에, 잡혀 온 물고기보다 더 못한 삶을 사는, 지탱해 나가는 이웃들이 얼마나 많은가. 물고기 놓아주는 방생도 좋지만 춥고 배고픈 우리네 이웃들에게 한 끼의 밥과 겨우내 덮고 잘 따뜻한 이부자리 한 채를 안

겨주는 것은 어떨는지.

새벽 공기가 점점 차갑게 느껴진다. 그러고 보니 입동이 지난 지 벌써 한참이 되었다. 조금 있으면 살얼음 얼리라. 찬바람 불리라. 외투 깃 올리고 종종걸음 치며 사람들은 빙판길을 위태롭게 가리라. 그들 주머니에 군밤 한 봉지 따스한 군고구마 한 봉지 들어 있을까.

날이 밝아 온다. 오늘은 영축산 통도사 말사에서 온 비구니스님들과 함께 인간 방생이 아닌 물고기 방생의 법회를 보아야 할 참이다.

숨어 있는 길

사람이 살지 않는 곳에도 길은 있다. 아주 오래 전에 난 그 길은 비록 잡초와 가시덤불, 나무들로 뒤덮여 있지만, 그 길의 흔적은 여실히 살아 있다. 가까이에서는 그것이 길이라고 여겨지지 않지만, 멀리서 유심히 내려다보면 분명히, 분명하게 길의 흔적이 나타나 있다. 그것이 길의 역사고 모습이다.

길은 숨어 있다. 숨은 길을 찾아 한번 떠나가 볼까. 이 가을에 만산홍엽이 불타는 듯 온 산천을 뒤덮는 곳을 향하여, 마음을 비우고 무심히 한번 떠나가 볼까. 거기엔 무엇이 있어 우리를 따스하게 맞아줄 것인가. 나무든 새든 풀잎이든 잉잉거리며 날아다니는 야생의 벌들이든 시들어 가는 저 산의 조그만 망초의 열매든, 우리를 아무 거리낌 없이

알 수 없다. 밤하늘의 별들이 어떻게 해서 스러지지 않고
늘 반짝이고 있는지를 알지 못하듯이,
우리는 아무것도 알지 못한다. 알려고 애쓰는 것 또한 부질없다.

맞아줄 것인가.

어찌 왔느냐고, 어찌 돌아갈 것이냐고 묻지도 않는다. 문답은 예전에 이미 마쳤으므로, 그냥 조금씩 우수수 바람결에 지는 나뭇잎들을 보며 이미 나 있는 작은 오솔길을 따라가면 그만이다. 자꾸 걸어가고 걸어가다 보면 숲 향기 몸 안으로 스며들고, 언젠가 와 본 적 있음직한 그 오솔길의 정감으로 가슴 뿌듯해진다. 무척 즐거워진다.

그 언제 누군가와 같이 이 오솔길을 따라 걷고 있었을까? 아주 어린 날 할머니의 손에 이끌려 깊은 산 조그만 암자를 향해 오르고 있었을까? 전생의 어느 날에 인간이 아닌 토끼로서 도토리 주워 먹으러 뛰어다니고 있었을까? 아리따운 여자로서 사랑하는 이의 손목을 잡고 마냥 행복에 겨워 오르고 있었을까?

알 수 없다. 밤하늘의 별들이 어떻게 해서 스러지지 않고 늘 반짝이고 있는지를 알지 못하듯이, 우리는 아무것도 알지 못한다. 알려고 애쓰는 것 또한 부질없다.

언젠가 한 사람이 가고, 그 뒤를 이어 또 한 사람이 가고, 그렇게 하여 조그맣게 길이 생겨났다. 그 길이 어찌하여 생겨났는지를, 그 길을 가는 사람들은 전혀 생각하지 않는다. 그저 길이 나 있으므로 가고 있을 따름이다. 삶의 길도 또한 그러하다. 출셋길도 있고 내리막길도 있고 마지막으로 열려 있는, 누구나 꼭 가야만 할 저승길도 있다.

예전에는 길이 그리 넓지 않았다. 넓은 길이라야 그저 소달구지 하나 지나갈 정도인 그런 길뿐이었다. 개화(開化)가 되면서 자동차가 생기고, 기차가 생기고, 그러면서 길도 넓어지고 많아졌다. 뱃길도 열리고 하늘길도 열렸다. 그러한 길들을, 길 위를 사람들은 분주히 오고 간다. 길은 더욱더 넓어지고 분주해진다, 그것이 운명인 것처럼.

이제 작은 길, 조그만 길, 오솔길은 별로 남아 있지 않다. 삼십여 년쯤 전만 해도 강원도 산간이나 경상북도 등지의 오지 마을 사람들은 닷새마다 열리는 장을 보기 위해 새벽밥을 해 먹고 길을 떠나곤 했다. 아직 별이 스러지지 않고 총총히 떠 있는 새벽길을, 고사리 감자 고구마 등을 이고 지고 서둘러 떠나곤 했다. 그것들을 팔아 양말도 사고 오랜만에 간고등어도 한 손 사고 고무신도 사고 호롱불에 쓰일 석유도 사고…… 오랜만에 자장면 한 그릇도 망설임 끝에 먹어 보기도 하고…… 그렇게 살았다.

그렇게 살며 닷새마다 열리는 장을 보러 십 리 이십 리 삼십 리쯤 되는 길을 두 시간 세 시간 네 시간씩 걸려 오고 갔다. 그것이 우리네 길의 역사다.

길은 눈물 반 웃음 반 그러한 회한의 통로다. 다 자란 자식을 대처로 떠나보내는 가슴 시린 길이요, 그 자식 잘 되어 돌아오길 바라는 원망(願望)의 통로다. 늦은 저녁밥을 먹고 어두워져 가는 동구 밖을 멀찍이 서서 바라보며 그렇게 서 있는 아낙네의 뒷모습은 스러져 가는 노을에 물들어 참으로 한스럽다. 어쩌면 저 동구 밖 끄트머리에서 대처로 나간 아들딸이 손을 흔들며 돌아올 것 같은 애잔함으로, 아낙네는 어머니는 그냥 서서 움직일 줄 모른다. 어둠이 짙어져 동구 밖의 끄트머리 가물거리는 길이 보이지 않을 때까지, 아낙네는 돌부처처럼 움직이지 않는다.

우리의 누이요, 어머니는 그저 가만히 서서 움직이지 않는다. 달이 둥실 떠올라 저 끄트머리 가물거리는 동구 밖 가물거리는 오솔길을 비추면, 우리 아들딸이 혹시나 이 마을로 오지 않을까 하여 눈물로 기다리고 기다리는 길. 그 길은 지금도 열려 있을까? 아직도 우리의 누이와 딸들을 기다리는 조그만 하나의 통로로 남아 있을까?

참 오래 전에 누군가가 이러한 이야기를 했었지. 길은 늘 열려 있는 것이라고, 그것을 찾아가는 것이 그대들의 삶의 길이라고. 허나 그 길은 너무 멀고 멀어 아무도 찾을 수 없는 것임을 그 누군가는 아마도 알고 있었으리라.

숨어 있는 길은 아름답다. 숨어 있는 길은, 아무도 찾아주지 않는 길은 무엇보다도 아름답다. 춤추는 접목(接木)의 가지 끝에 꽃이 필 때,

우리의 아이들은 꿈틀거리고, 우리의 누이와 어머니들은 또한 새로운 생명을 향해 움직이고 있을 것임을 믿는다. 그리하여 또한 새로운 길이 열려 있고, 그 길을 따라 흔들리지 않고 오로지 가고 있기를 믿는다.

먼 길 장터에 나갔다 돌아오는 어머니 아버지를 오두막의 오누이는 눈이 빠지게 기다리고 기다린다. 하마 지금 올까 하여 오누이는 뜨락에 앉아 있는 멍멍이를 쓰다듬으며 앉아 있다.

숨어 있는 길은 아름답다. 아무도 알지 못하는 그 길의 슬픔과 아픔과 웃음과 눈물…… 말 못하고, 그리하여 찾을 줄도 모르는, 꼭꼭 숨어 있는 그 길은 그러나 너무나도 눈물겹도록 아름답다. 길은 멀지만 가까이에 있다. 늘 저기 있고 여기 있다. 숨어 있는 어떤 길을 우리는 찾아가고, 또 찾아가고 있을 뿐이다…… 🪨

지난해엔 여러 큰스님들께서 이승을 떠나셨다. 우리 불교계를 떠받쳐 온 큰스님들의 떠나심은 여러 불자들을 슬프게 했다. 그분들은 평생을 일의일발로 오로지 수행에만 몰두하셨으며, 아무것도 가지지 않으셨다. 가지려 하지 않으셨다.

그분들의 삶을, 그분들의 가심을 우리는 '열반'이라고 한다. '입적(入寂)'이라고도 하고 '입멸(入滅)'이라고도 한다. 허나 이 모든 죽음의 형식, 그에 걸맞은 언어는 아무것도 없다. 그래서 그저 통칭하여 '열반'이라 일컫는다. 없다, 고요하다, 고요에 들었다, 아무것도 없다, 멸했다……

스님들의 죽음을 일컫는 이런 언어들도 대승적 논지에서 보면 맞지 않다. 왜? 죽음은 그냥 죽음일 따름이다. 죽음에 있어 어리석은 농투성이가 어디 있고 부호가 어디 있고, 왕과 신하가 어디 있고, 부처가 어디 있고, 부처를 따르는 제자들이 어디 있겠는가? 죽음은 그저 죽음일 뿐이다. 죽음은 평범하게 겸손하게 그저 일생을 한 번 왔다 가는 의식일 뿐이다. 그것을 일러 '열반'이라 하면 어떻고 '입적'이라 하면 또 어떠랴. 그저 죽음일 뿐인 것을.

그러나 그 죽음은 천차만별이다. 사고로 인한 불행한 죽음과 악행을 저질러 처형당한 죽음과 스스로의 안락을 버리고 뭇 중생들의 생로병사를 윤회의 굴레를 벗기기 위해 팔십 평생 온 천지를 떠돌며 고행의 삶을 살다 간 붓다의 죽음은 구별된다.

그래서 우리는 지금 붓다의 죽음을 일컬어 '열반'이라 하고, 그 후대의 큰스님들의 죽음도 열반이라 칭한다. 그러면 열반의 진정한 의미는, 그 궁극의 묘(妙)는 무엇인가? 열반은 무아진여(無我眞如)라고 표기할 수도 있으며, 그 경지에 이르는 궁극의 정점이라고도 할 수 있다.

누군가가 사리불에게 물었다.
"사리불이여, 도대체 열반이란 어떤 것입니까?"
사리불은 아무렇지 않게 답했다.
"벗이여. 탐욕과 노여움, 어리석음의 소멸, 이것을 일러 열반이

사람이 살지 않는 곳에도 길은 있다

라 한다."

소멸. 열반이란 과연 소멸을 뜻하는 것인가? 열반의 원어는 산스크리트로 니르바나(nirvana)이다. 불이 꺼진 상태, 번뇌의 불꽃이 완전히 꺼질 때, 거기 나타나는 시원한 경지, 편안한 경지. 탐진치 삼독이 없는 그러한 경지를 말한다.

부처님께서는 열반하실 때 이렇게 말씀하셨다.

"나는 아무런 말도, 아무런 얘기도 하지 않았다……."

부처님께서는 팔만사천의 법문을 설하셨는데도 왜 이처럼 말씀하시고 저 대적정, 진실한 열반에 드셨을까?

나는 아무것도 말하지 않았다.

나는 그저 내가 걸어 온 길을 가리킬 뿐이다.

열반의 길은 적정(寂靜)의 길이다. 얼마 전 서옹 스님께서 앉은 채 돌아가셨다. 흔히 좌탈(坐脫)이라 얘기한다. 스님들은 좌탈도 하시고 입도도 하신다. 근세 큰스님 가운데 한 분인 혜월(慧月) 스님은 부산 선암사에 주석하시다 훌쩍 가셨다. 스님은 이른 아침부터 늦은 저녁까지 끌망태를 어깨에 메고 솔방울을 주우러 다니셨다. 그러다 어느 날 그 끌망태를 멘 채 소나무 등걸에 기대어 가셨다.

오늘날 우리에게 열반이란 무엇인가? 아무것도 없이 그저 무소유로 돌아가는 게 아니겠는가. 저 부모미생전의 아늑한 품 속으로, 꿈결 같은 세계로 돌아가는 게 아니겠는가.

텃밭을 돌아보며

사월 초파일 '부처님오신날' 이 지나고 오월 단오가 가까워 온다. 단오절이 가까워 오니 낮으로는 벌써 더위를 느낀다. 한 뼘 가까이 자란 상추, 오이, 쑥갓, 호박, 고추 등의 모종이 한낮 햇볕 아래 싱그럽다.

조금 있으면 텃밭 가득 모양새를 갖춘 이들 작물들이 우리 대중의 소중한 여름 반찬거리가 되어줄 것이다. 하루 두어 번쯤 텃밭을 둘러보는 재미가 쏠쏠하다. 눈에 띄는 대로 잡초도 뽑아주고 시들해지는 듯한 모종이 있으면 물뿌리개로 물도 뿌려주곤 한다.

'농작물은 주인의 발자국 소리를 듣고 자란다' 라는 말이 있다. 실제로 그러하리라. 그 주인이 얼마만큼 자기가 가꾸는 농작물들에게 관심을 갖고 애정을 갖고 손길을 주느냐에 따라 그들의 모양새가 달라질 수 있기 때문이다. 관심을 갖고 그만큼 신경을 많이 쓰면 성장 속도가 빨라질 뿐 아니라 열매나 뿌리도 더 튼실해진다.

농작물은 주인의 발자국 소리를 듣고 자란다. 참으로 일리 있고, 깊이 새겨들을 만한 말이 아닐 수 없다. 우리 불가의 도제(徒弟)들도 식물의 모종이나 다를 바가 없다. 지나는 말로 자주 경책해주고 다독여줌으로써 후일 그 열매나 뿌리가 더욱 튼실해질 것이기 때문이다.

포교의 도제 양성이 종단의 지상 명제이거늘, 오늘날 우리네가 이 점을 혹여 가벼이 여기고나 있지 않은지 되돌아볼 일이다. 도반이나 선지식의 한마디 법담은 가뭄 속의 단비와도 같은 것. 잠들어 있는, 잠자고 있는 선기를 일깨워 태산과도 같은, 거목과도 같은 인재가 불뚝 지평을 박차고 일어나 우리 불교의 미래를 열어 나가야 할 것이다. 그리하여 더욱 견고하고 밝은 모습으로 새로이 태어나야 할 것이다.

눈에 띄는 대로 잡초 뽑아주고 물뿌리개로 물도 뿌려주면서 이쪽 텃밭에서 저쪽 텃밭으로 옮겨 다니다 보니 어언 하루해가 저물어 간다. 산사엔 어둠이 빨리 몰려든다. 앞산도 첩첩하고 뒷산도 첩첩한, 그 산의 음영들이 산사의 처마 위로 서서히 짙은 그림자를 드리우기 시작하고 있다.

먼 길을 가는 나그네여,

서두르지 말고 어느 외딴 농가에나 들러 지친 다리를 쉬며

하룻밤을 묵었다가 가시게나.

곤한 잠을 자며 푹 쉬었다가 가시게나.

동트는 이른 아침 맑은 심신으로 새롭게 출발하시게나.

그대 나그네의 목적지는 아직 멀고 멀어

한참이나 더 가야 할 것이므로, 서두르지 말고

멈추어 서서 저녁 하늘 저물어 가는 노을을 바라보며

잠시 서 있게나.

우리는 혹시 너무 빨리 달려가고자 서두르고 있는 것은 아닐까. 지친 말을 쉬게 하지 않고 채찍질만 계속 하고 있는 것은 아닐까. 조금의 한가함, 조금의 여유로움이 삶의 활력소가 되고 복전이 될 수 있다. 씨를 뿌리고 모종을 가꾸면서 그것들이 자라 열매를 맺고 뿌리를 내릴 때까지 참고 기다리도록 하자. 스치고 지나가면서 그저 잠시만이라도 눈에 띄는 대로 잡초를 뽑아주고 물을 주도록 하자.

저물어 가는 산사의 구석진 텃밭을 이리저리 옮겨 다니고 있자니 우우우 웅, 대종 소리가 문득 귓전을 때린다. 손을 씻고, 유리보전 법당으로 올라가 약사여래 부처님께 저녁예불을 올리도록 하자.

깊은 산 푸른 계곡

청옥산(靑玉山) 기슭은 수림(樹林)이 우거져서 한낮에도 컴컴할 지경이었다. 그 산의 후미진 이 등성이 저 계곡 곳곳에 스님네들이 기거하며 수행하는 토굴들이 여기저기 심심찮게 산재해 있었다. 짙은 안개가 감싸고 도는 산허리를 치올라 가면서 이따금씩 스님들을 만났다. 아니 만났다기보다 혼자서 멀찌감치 지켜보곤 했다는 것이 옳을 듯하다.

때는 한여름이라 제각기 땅뙈기에 갈아 놓은 농작물들을 가꾸느라 밀짚모자를 눌러쓰고 수건 목에다 감고 호미 하나씩 들고 김을 매고 감자와 고구마 고추, 가지, 호박 등속의 '북' 을 돋워주며 구슬땀을 흘리고 있었다. 그들은 각기 혼자서 따로 살고 있어 서로를 그냥 모른 체하

머 지낸다고 들었다. 어쩌다 가끔 마주치면 눈인사 정도만 하면서, 그들은 그저 각자의 삶을 살아가고 있을 따름이었다.

방 한 칸 부엌 한 칸의 단출한 그들만의 토굴 살림살이가 깊은 산 계곡의 여기저기를 수놓고 있었다. 이 세상 삶의 줄기줄기 갈래가 어찌 여일(如一)할 수 있으랴. 돈과 권력을 좇아 평생을 아귀다툼하는 자들도 있고, 세상사 다 팽개치고 이처럼 심산유곡에서 자적하며 자기만의 심안(心眼)을 찾아 한 평 땅뙈기를 일궈 나가는 여기 스님네들 같은 이들도 있으니 말이다.

이십 리 삼십 리쯤 될 법한 긴 골짜기들을, 길 없는 길을 찾아 허위허위 몇 시간여 헤매고 다녔다. 그 여정은 힘들었지만 행복했다. 머루도 있고 다래도 있고 곱게 익은 산딸기도 지천으로 널려 있었다. 그것들을 한 움큼씩 따서 입에 넣고 씹으면서 오르고 내리는 청옥산의 한여름 여정은 무엇과도 견줄 수 없는 충만함을 내게 안겨주었다.

토굴 옆의 땅을 일궈 농작물을 심고 가꿔 그것으로 먹거리를 해결하며 무더운 삼복의 한여름을, 눈발 날리고 찬바람 모질게 부는 삼동의 한겨울을 그렇게 혼자 보낸다. '혼자' 하는 것을 바깥에서 볼라치면 무척 외롭고 처연하다고 할지 모르지만 기실 그렇지 않다. 혼자 있음에 젖은 사람에게는 그것이 아주 그윽하고 자기의 내면을 성찰하고 들여다볼 수 있는 큰 계기가 되기 때문이다.

가부좌를 틀고 가만히 정갈하게 앉아 있으면, 삼라만상이 달무리처럼 일원상(一圓相)을 그리며 다가온다. 다가왔다 봄눈 녹듯 녹아내려 장강대하가 되고 그 큰 물줄기 용솟음치며 쿵쿵거리며 하나의 귀일점(歸一點)을 찾아 떠내려간다.

선객(禪客)은 걸사(乞士)며 방랑자며 음유시인이다. 조선조 말기의, 근세 우리나라의 최고의 선객 경허 화상은 많은 선시를 남겨 놓기로도 유명하다.

<blockquote>

마음 달 홀로 둥글고　　　　　〔心月孤圓〕

그 달빛 만상을 집어삼키네.　〔光呑萬像〕

빛과 경계 모두 공한데　　　　〔光境俱忘〕

다시 이 무슨 물건이리오.　　〔復是何物〕

</blockquote>

그의 마지막 게송이자 그대로 열반송으로 전해져 오는 선시다. 이 깊고 푸른 청옥산 자락에서 가부좌를 틀고 앉아 있는 여러 눈 푸른 납자들 가운데서도 이런 빼어난 선객이 나타나 세상을 온통 들썩거리게 만들 줄 그 누가 알겠는가.

일을 하면 잡된 생각을 잊게 되어 좋고, 일이 끝나면 개운한 성취감이 있어 좋고, 그로 하여 육신을 지탱해줄 먹거리가 생겨 좋으니 어찌 일하기를 꺼려하고 주저하고 나태해질 수 있으랴. 땀 뻘뻘 흘리며 채마밭에서 한나절 열심히 일에 몰두해 있다. 맑게 흐르는 시냇물 속에 풍덩 몸을 담그는 그 상쾌함 또한 산 속에 사는 사람만이 누릴 수 있는 지락(至樂)이 아닐 수 없다.

무릇 도를 구하는 이는 잡인을 멀리하여 시정(市井)과 한 발짝이라도 더 멀리 떨어져 있어야 마땅하다. 시정에 자주 발을 담그고 쓸데없이 잡인을 상대하다 보면 그 해가 크다. 시정잡배란 말이 있지 아니한가. 명리(名利)와 금욕(金欲)에 탐닉하여 자기 자신도 모르게 마구 눈알을 굴려대는 자들이 있다. 상대방이 자신의 눈알 굴려대는 모습을 간파하고 있다는 사실조차 모르면서 그러한 행태를 연출하고 있는 자들이 시정에는 그 수를 헤아릴 수 없을 만큼 많다.

어떻게 하면 조금의 이득이라도 더 취할 수 있을까, 상대를 속이고 우롱하여 한 줌의 '가루'라도 더 만져 볼 수 있을까 하는 어리석고 비천한 무리들이 항하사(恒河沙) 모래알만큼 많고 많다. 이런 자들이 판을 벌이고 있는 시정에 자주 발을 담그다 보면 종국엔 아주 어지러워진다. 그자들의 감언이설과 달콤한 유혹에 넘어가 오탁악세에 한 번 빠져들기 시작하면 그 폐해가 이루 말할 수 없다.

시정을 벗어나 잡인을 멀리하고 눈 맑고 귀 밝은 이와 가까이 하며 파릇파릇 돋아나는 봄풀과 여름 시내, 가을의 홍류동(紅流洞)과 겨울

백설을 가장 절친한 벗으로 삼아야 할 것이다. 그러한 이치를 잊지 않고 거기에서 벗어나지 않고 한 발짝씩 걸어가면 그대 발끝에서 연꽃이 필 것이다.

도를 구하는 자는 또한 검소하고 소박하고 하심할 줄 알며 매사에 넘치고 지나치지 않아야 한다. '아니다' 싶으면 곧 참회하고 바로 세울 줄 알며 그로 하여 다시는 그릇됨에 물들지 않아야 한다. 늘 경서를 가까이 하며, 선인들의 경책의 기침 소리를 듣고 가늠할 줄 알아야 한다. 이와 같이 행하면 범부라 할지라도 어느 날 문득 격외(格外)의 노래를 한 소절 멋지게 부를 수 있게 되리라……

깊은 산 푸른 계곡을 넘나들다 보니 어느덧 저녁노을이 물들기 시작하고 있었다. 이제 어느 토굴에 찾아들어 하룻밤 유숙을 청해야 할 참이다. 비록 불청객이지만 객이 어디 이런저런 차례를 따질 처지인가. 무례하고 무도하지 않을 만큼의 예를 갖추고, 마당에 놓인 평상에 서나마 밤하늘의 총총한 별들을 벗 삼아 하룻밤 묵어 가도록 하자.

등줄기에 땀이 맺히고 숨이 턱에 차올라도 아무렇지 않다. 이제 곧 좋은 도반을 만나게 되면 찬 계곡에서 몸을 씻고, 혹시 맛깔스러운 차 한 잔 얻어 마실 수 있을지 어찌 알겠는가. 분명 그러할 것임을 확신하고 저만치 산기슭 쪽에 붉은 저녁노을을 반쯤 받고 조는 듯 엎드려 있

는 한 토굴을 점지한다. 아주 좋은 예감 때문에 불어오는 바람이 한결

시원하다. 🔲

윤회를 믿어야 한다

무(無)와 공(空), 화엄(華嚴)과 반야(般若)의 한가운데 윤회(輪廻)가 있다. 윤회의 틀은 너무 엄해 아무도 벗어날 수가 없다. 쉼없이 굴러가는 수레바퀴처럼 우리네 삶도 또한 그러하다. 금생(今生)을 마감하면 또 다른 생이 그 차례를 기다리고 있는 법. 피할 수 없는 오고 감이 늘 우리를 따라다니며 쉴 새 없이 지켜보고 있다.

윤회는 자연의 이치다. 비가 내리면 그것이 증발하여 구름이 되고 떠돌다가 다시 내린다. 끝없이 돌고 도는 것이다. 이런 이치를 어찌 거스르고 거역할 수 있으랴. 콩 심은 데 콩 나니…….

악업(惡業)은 그에 따른 고(苦)를 부르고, 선업(善業)은 선근(善根)을 심어 보기 좋고 다디단 열매를 맺는다. 악업과 악연은 해소하기 무척 어렵다. 기도하고 참회하고 한 가지라도 더 남을 위해 행하는 근본 자세만이 조금이라도 그것을 누그러뜨릴 수 있다. 업이 없는 자는 아무도 없다. 오늘도 또 내일도 자신도 모르게 남에게 못할 말 못할 짓을 하여 아프게 만들고 자신 또한 그로 인해 괴로워한다. 이게 인간사요, 피치 못할 삶의 속박이다. 그래서 '날마다 좋은 날 되소서〔日日是好日〕'라는 덕담이 생겨났는지도 모른다.

인과의 고리를 끊으려면 세세생생(世世生生) 갈고 닦아야 한다. 머트러운 돌멩이 하나를 수없이 갈고 닦아 아름다운 거울로 만들듯 잡념을 버리고 오로지 수행에 몰두해야 피안에 이를 수 있다. 인욕과 보시의 오랜 행로를 지나야만 다다를 수 있다. 첫술에 배부르지 않고 시작이 반인 것처럼 오로지 매일매일 초심으로 나아간다면 어찌 깨달음의 길이 그렇게 멀다고만 할 수 있으랴. 모든 것은 마음먹기에 달려 있다.

악업의 고통과 인과의 법칙을 무시하고 자기 멋대로 욕망이 시키는 대로 따라가면 결과는 불을 보듯 뻔하다. 항시 뉘우치며 사는 법을 잊지 않고 생활한다면 편히 한 발짝씩 나아갈 수 있으리라. 청정대해 속에 자유로이 유영하는 스스로를 발견할 수 있으리라.

윤회를 믿어라. 윤회는 절대 거짓이 아니다. 생로병사의 굴레를 지금 이 순간도 확연히 보고 있지 아니한가. 보고 있으면서도 느끼지 못하는 까닭에 의심하고 아무렇게나 주저 없이 행동하게 된다. 하루에

첫술에 배부르지 않고 시작이 반인 것처럼
오로지 매일매일 초심으로 나아간다면
어찌 깨달음의 길이 그렇게 멀다고만 할 수 있으랴

한 번, 아니 열흘에 한 번쯤이라도 자신을 돌아보고 스스로 경책할 줄 안다면 훌륭하고 현명한 사람이다. 자신을 꾸짖고 채찍질한다는 것은 쉽지 않은 일이다. 오늘날같이 이기심이 충만한 사회에서는 더욱 그러하다.

윤회를 믿어라. 윤회를 믿고 인과의 법칙을 깊이 인식한다면 결코 손해 보지 않으리라. 백 번 저지를 잘못을 열 번쯤으로 줄일 수 있으리라. 겨울날, 살얼음 밟고 가듯 조심조심 걸어가면 무난하고 탈이 없지 않겠는가. 남을 존중하고 예로써 대하면 상대방 또한 그러하게 마련이다. 눈길을 혼자 가더라도 함부로 가지 말라, 뒤에 오는 사람이 그 발자국을 지표로 삼을 것이므로…… . 서산 대사의 시 구절이다.

'5년 만에 5억 원 버는 법', '10억 원 버는 법' 등의 무례하고 불쾌하기 짝이 없는 책 같지도 아니한 책들이 베스트셀러가 되는 난장판 같은 세상에 우리는 서 있다. 모든 가치의 중심을 오로지 '돈'으로만 계산하는 아주 잘못된 세상에 찬바람 불고 눈보라 휘몰아친다. 이런 판국에 누가 윤회를 믿고 인과를 운운할 것인가. 그렇지만 믿어야 하고, 그래야만 조금이라도 좋아진다. 🔲

한 해를 보내며

산천의 앞 그림자. 뒷그림자. 저녁노을 속으로 스러져 가고 있다. 무엇을 했는지. 무엇을 갈구했는지. 묻지 말도록 하자. 오직 하나. 진실로 우리가 그 무엇인가를 향해 달려갔는지를 참으로 뉘우침 없이 일 년 열두 달을 견뎌 왔는가를 한번쯤 생각해 볼 일이다.

모든 것은 하루아침에 이루어지지 않는다. 수많은 세월의 고통과 연마 속에서 비로소 수줍은 듯 꽃봉오리처럼 피어나는 게 아닐까? 많고 많은 시절을 견뎌내야 진정한 한 생명으로 새로이 태어나지 않겠는가.

삶은 견디기 어렵고 피폐하지만 뜨거운 여름날 머나먼 철길을 따라 떠나가는 것 같지만 어이하랴. 우리네는 마치 어린아이들이 어깨동무를 하고 운동장을 돌며 까르르 웃음짓듯 그처럼 이웃과 함께 울며 웃으며 지나가야 하지 않겠는가. 그리고 우리는 아주 가난하고 외로운 이웃들을 잊지 말아야 한다. 그이들의 아픈 삶을 생각하며 돕는 일에 동참해야 한다. 그것이야말로 진정한 이 시대의 힘이 아니겠는가.

두 평도 채 되지 않는 단칸방에서 다섯, 여섯 식구가 모로 누워 잠을 자며 가까스로 끼니를 해결하며 하루하루를 살아가는 그 이웃들을 어찌 외면할 수 있으랴. 여러 종교 단체들과 사회의 봉사 모임들이 연말이면 산동네의 어려운 사람들과 독거노인들을 찾아 한 포대의 쌀과 김치와 라면 등을 나눠 주지만 그것은 한때 한순간의 위로일 뿐이다. 어찌하랴!

부유층들이 배가 터지도록 먹고 마시며 비싼 외제차를 몰고 다니며 즐기는 동안 겨우 한 끼를 해결하기 위해 온갖 거친 일을 마다하지 않는 불쌍하고 불쌍한 선량한 사람들이 얼마나 많은지 모른다. 우리는 이같이 어려운 사람들이 아주 가까이에 살고 있음을 잊지 말아야 한다. 그리하여 그들에게 작은 웃음이라도 남겨 두어야 한다. 꺼지지 않는 불씨를 살려 두어야 한다.

누구 하나 보살펴주지 않고, 챙겨주지 않는 적막한 쪽방에서 이제 겨우 다섯 살 난 여자 아이가 앓고 있는 엄마를 위해 그 작은 손으로 흰 죽을 끓여 떠먹이고 있는 모습을 TV를 통해 본 적이 있다. 그 아이가 자라 나중에 무슨 생각을 하고 어떤 상상을 하며 옛 기억을 떠올리게 될지 모르겠다. 그 아이를 보며 우리는 염려해야 한다. 이 사회와 세상을 아주 위태로운 눈길로 주시하며 분노의 몸짓으로 뚜벅뚜벅 걸어갈지도 모르는 아이의 모습을……

부처님께서는 하루에 딱 한 끼만 드셨다. 다른 두 끼 음식은 이웃들이 먹을 것을 염두에 두셨기 때문이다. 우리는 이제 부처님의 그 자비스러운 행적을 다시 기억해야 한다. 그분의 신비로운 미소 속에는 춥고 배고픈 사람들을 향한 그리움이 감추어져 있다는 것을.

겨울. 이 겨울을 마감하듯 펄펄 눈이 내린다. 눈이 내리고 쌓여 온 산천을 뒤덮고 조그만 마을의 작은 초가지붕을 덮는다. 소담스레 눈이 내리고 쌓이는 그 마을에 어린아이들이 눈사람을 만들고 떠들며 하루 종일 까르르 웃어대고 있다. 평화가 있고 인정이 넘치는 그런 마을로 지금 나는 달려가고 싶다. 그곳으로 가서 그 아이들과 함께 눈사람을 만들며 뛰놀고 싶다. 한 해를 보내며 참 많고 많은 사연들을 씻어내며 가만히 이 산중의 새벽 안개를 바라보고 있다.

모두가, 이 세상 모두가 더욱 안녕하길 기원한다.

여백의 미

여백의 미는 동양의, 한국의 미다. 꼭 차지 않고 조금 비어 있는, 비어 있는 듯한 아름다움이야말로 서양 쪽에서는 볼 수 없는 동양 고유의 절대적인 아름다움의 극치라 할 수 있겠다.

산수화를 보면 잘 알 수가 있다. 산수화는 문자 그대로 산과 물, 기암괴석과 꽃과 나무, 정자 등과 그 주위를 에워싸고 도는 구름과 안개가 소재의 주류를 이루고 있다. 거기에 바둑을 두고 있는 노인과 산중의 암자를 찾아가는 지팡이를 짚은 노승과 동자가 등장하기도 하며, 외나무다리 아래서 빨래하는 아낙들과 그녀들의 뒤쪽으로 뿌우연 운무 속에 가려진 초가 두어 채가 그림의 한쪽을 차지하기도 한다.

이런 모든 풍경을 제쳐 두고, 산수화에서 가장 중요시되는 것은 여백이다. 여백이 없는 동양화, 산수화는 상상할 수조차 없다. 여백의 공간. 남아 있는 비어 있는 화폭 속에 있는 듯 없는 듯 자리하고 있는 사물들 속으로, 그리하여 사람들은 젖어든다. 그것이 인간계의 모습이든 선경의 모습이든 간에, 그런 여백이 있으므로 비로소 그림은 존재하게 되는 것이다. 여백의 한쪽엔 반드시 빠지지 않고 화제(畵題)가 붙어 있게 마련이다. 화제는 대개 칠언절구의 시로 이루어지는데, 화제 밑엔 그림을 그린 화가의 낙관이 찍혀 있다. 이렇게 해서 한 폭의 동양화, 산수화는 완성되는 것이다.

이 나라 구석구석 어디를 가도 만날 수 있는 정자에는 산수화에서 느낄 수 있는 것과 유사한 여백의 미가 곁들여져 있다. 정자가 들어선 주변 산천의 경계와 어울리게, 그 경계와 어긋나지 않게 조화롭게 들어선 정자들. 그 정자에는 한 칸 혹은 두 칸쯤의 방이 있고, 그 가운데나 한쪽 옆에 반드시 마루가 놓여 있다. 마루가 없는 정자는 없다. 마루 뒤편이나 옆엔 큼직하게 창문이 뚫려 있고 그 문을 통해 주변 산천의 풍광을 두루 볼 수 있다. 자연 속에 앉아 있으면서 자연을 정자 안으로 끌어들였다고 해야 옳을지 모르겠다.

방이 마련되어 있지 않은 정자는 거의가 사각이나 팔각이다. 사통팔달로 툭 트여 있어 흐르는 시냇물이나 희게 빛나는 바윗돌, 작은 산등성이 너머로 떠가는 조각구름들도 앉아서 관망하기에 족하다.

여백의 미 또한 산수화 속이나
풍류적인 삶 속에서만 존재하는 것은 아니다.
그것은 우리의 마음 안쪽에 자리 잡은,
서두르지 않고 넘치지 않는 여유로움에도 있다.

이런 정자의 백미는 양양 낙산사 의상대다. 아무것도 거리낄 게 없는 망망대해의 벼랑 끝에 서 있어 예로부터 오고 가는 시인 묵객들의 발길이 끊이지 않는 의상대는 정자 중의 정자라 할 만하다.

유불선 삼교가 아우러져 때로는 서로 배척하기도 하고 때로는 융화하기도 하며 그 맥을 형성해 온 조선시대에는 불가의 유현함과 유가의 기개, 도가의 신선사상이 잘 조화를 이루고 있었다. 그림 속의 산수와 정자가 아닌 현실의 아주 좋은 경계 속에서 선비들은 고담준론을 하며 시회(詩會)를 열고 그들만의 풍류를 즐겼다. 넘침은 부족함만 못하다고 했다. 그들은 무더운 여름이나 꽃피는 봄날, 단풍잎 곱게 물든 어느 한때를 골라 서로 안부를 물으며 조촐한 술잔을 주고받았을 따름이었다.

이런 풍류적인 삶과 사상이 비단 조선시대에만 있었던 건 아니다. 신라의 화랑도는 무리를 지어 산수가 빼어난 곳을 찾아다니며 심신을 단련하고 우의를 다졌다.

여백의 미 또한 산수화 속이나 풍류적인 삶 속에서만 존재하는 것은 아니다. 그것은 우리의 마음 안쪽에 자리 잡은, 서두르지 않고 넘치지 않는 여유로움에도 있다. 돈을 많이 벌고자 하는 욕망, 높은 자리에 올라 권세를 탐하고자 하는 욕망이 가득하다면 끝내 아무것도 찾을 수

없다. 마음 한쪽을 비워 놓고 스쳐 가는 바람 소리에도 귀를 기울일 줄

알아야 한다.

비비추 情

봄날, 개울가 둔덕이나 밭둑에 무리지어 자라 있는 '비비추'들을 본 적이 있으리라. 그냥 지나치는 이도 있고, 아예 비비추란 식물 자체를 모르는 이도 있으리라. 비비추는 야산의 습한 산기슭에서도 잘 자란다. 위낙 번식력이 강해 '비비추 밭'이라 해도 과언이 아닐 정도로 무리지어 자생하는 모습이 보기 좋다.

비비추는 난과(蘭科)에 속해 있으며 다년초다. 갓 자란 새순일 때는 더운 물에 살짝 데쳐 무쳐 먹기도 하고 된장을 풀어 국을 끓여 먹기도 한다. 줄기가 아주 억세어지기 전까지는 한참 동안 그렇게 해서 우리네 밥상에 올려지곤 하던 고마운 식물이다.

이른 봄에 그 연한 싹들을 데쳐 무쳐 먹으면 그야말로 신선한 봄의 향기가 혀끝에 감돌아 새삼 봄이 왔음을 실감하게 되었었다. 그러나 이제 비비추는 잊혀 가고 있고, 아니 그냥 잊혀져버렸다. 아무도 그 옛날 우리네 밥상 위에 올라 봄의 향기를 전해주던 고마운 비비추의 존재를 기억하지 않는다. 육십, 칠십 된 시골 할머니 할아버지들이나 어렴풋이 기억할 뿐, 젊은 세대들은 알지도 못한다. 야생의 나물로서의 소임을 다한 비비추는 초여름에 담홍자색의 꽃을 피운다. 개울가 둔덕이나 밭둑, 야산의 습한 산기슭에 무리지어 피어 있는 담홍자색의 꽃들은 참으로 아름답다.

누가 돌보지 않아도 저절로 싹이 터서 자라 무성해져서 개화한 야생의 꽃들. 그것은 조금 외로워 보이기도 하지만 한편으로는 축복이다. 아무도 살갑게 보아주지 않는 후미지고 외진 곳에서 저 홀로의 힘만으로 자라나 피어 있는 꽃들은 곧 희망이고 사랑이다. 가난하고 슬픈 구석을 밝히는 소망이고 등불이다.

비비추의 억센 생명력은 핍박받는 우리네 민중의 삶과 많이 닮아 있다. 조선 오백 년 동안 무능한 왕의 통치 아래서 저희들끼리 치고받는 사색당파와 지방 관리들의 수탈을 감내하면서, 삼십육 년을 일제 강점 하에서 주린 배를 움켜쥐고 만주로 북간도로 남부여대하여 도망치듯 떠돌면서, 서슬 퍼런 군사정권의 무지막지한 난도질 속에서, 민중은 살아남아 자식들을 키우고, 세금을 내고, 헐벗고 굶주리면서도 황소처럼 묵묵히 그렇게 살아왔다.

　비비추는 내게 추억의 식물이다. 배고팠던 저 먼 옛날, 지천으로 널려 있는 그것들을 낫으로 썩썩 베어다가 쌀 몇 줌 집어넣고 된장 풀어 푹푹 끓여 한 그릇씩 훌훌 나누어 마시던 그때, 비비추는 나의 주린 배를 그나마 채워주던 좋은 동반자였기 때문이다. 산자락에 지천으로 자라나 있는 그것들을 낫으로 베어 광주리 가득 담아 내려오던 그 시절이 어제 같건만 벌써 수십 년의 세월이 흘러버렸다. 넉넉해진 절간의 살림 덕에 배고픔을 모르고 살아가는 요즘의 스님들이 과연 그 시절의 비비추 정(情)을 알기나 하겠는가.

　봄이 깊어 가는 산자락을 오르다가 저희들끼리 소담스레 자라나 바람결에 흔들리는 비비추들을 만났다. 오랜만에 만난 비비추들을 내려다보고 있으면서 먼 옛날을 떠올린다. 지나간 것은 다 아름답다고들 하지만, 그렇지만도 않은 듯하다. 올려다보이는 산사의 기와지붕 처마가 오늘따라 매우 고즈넉하다. 📿

까치밥이 깨닫게 해준
사랑의 실천

시골길을 가다 보면 감나무의 까치밥을 흔히 볼 수 있다. 나무 주인이 넉넉히 남겨 놓은 까치밥을 볼 때면 언제나 마음이 훈훈해진다.

작은 것 하나에도 배려라는 단어가 무색하지 않게 우리 조상들은 그렇게 살아왔다. 까치의 겨울나기까지 걱정해주었던 조상들은 과연 서로를 위해서는 어떠했을까. 두레, 계, 품앗이 등을 보면 알 수 있듯이 예부터 베풂을 삶의 기본으로 생각하며 살았다.

까치밥을 남겨 놓은 초라한 시골집 안을 들여다보았다. 저녁밥을 짓는지 머리카락이 하얀 할머니가 불을 지피고 계신다. 시골 노모는 늘 그렇게 혼자다. 자식들은 모두 출가하여 객지에 나가 있고, 제 살길 찾아 분주하고, 노모는 불편한 몸으로 혼자서 살아간다. 넉넉지 못한 살림살이에도 미물을 생각하는 노모의 마음이 참으로 따스하다.

늘 그랬듯이 올해도 노모의 집 앞 감나무에는 까치밥이 풍년이다.

날씨가 점점 쌀쌀해지고 있다. 어려운 이웃들이 가장 힘들어하는 계절이 바로 겨울이다. 좀 더 적극적인 마음으로 이웃을 둘러보았으면 한다. 평소에 자신이 생각했던 것보다 훨씬 더 많은 사람들이 어렵게 살아가고 있음을 느낄 수 있을 것이다. 난치병으로 고생하는 환우들, 그리고 그의 가족들, 끼니를 걱정하며 살아가는 가난한 이웃들, 집을 잃고 거리에 나선 노숙자들, 천재로 인해 힘들어하는 이웃들, 가난과 외로움에 지친 노인들…….

이처럼 우리 주변에는 돌봐야 할 이웃들이 너무도 많다. 나의 아주 작고 사소한 마음도 어려운 이웃에게는 태산보다 더 큰 은혜로 전해질 수 있고, 나의 따뜻한 말 한 마디 행동 하나가 얼어붙은 그들의 마음을 녹일 수도 있다.

우리는 이웃을 돕자는 이야기를 수도 없이 듣고 있다. 하지만 몇 번이나 실천했는지 생각해 보자. 실천이 가장 중요하다. 마음은 늘 동하였으나 실천이 항상 어려웠던 것이다.

 사람이 살지 않는 곳에도 길은 있다

재산이 넉넉해야만 이웃을 도울 수 있는 것은 아니다.
가장 중요한 것은 넉넉한 마음일 것이다.

불교는 자비의 종교이다. 자비란 남을 위해 항상 따스한 마음으로 배려하는 정신이다. 우리가 이웃을 생각하고 돕는 행위는 부처님의 뜻을 받들고 실천하는, 가장 바람직한 종교생활을 하는 것이다. 우리 모두 천 개의 눈으로 세상을 보살피고 천 개의 손으로 중생을 돌보는 천수천안관세음보살을 생각하며, 마음으로만이 아닌 실천으로 이웃을 돕는 참다운 봉사정신을 발휘해 봄이 어떨까.

가진 것이 넉넉해야만 이웃을 도울 수 있는 것이 아니란 것을 우리는 까치밥을 보며 느낄 수 있었다. 그렇다. 재산이 넉넉해야만 이웃을 도울 수 있는 것은 아니다. 가장 중요한 것은 넉넉한 마음일 것이다. 넉넉한 마음은 주고 또 주어도 줄어드는 법이 없다. 오히려 줄수록 채워지는 것이 마음인 것이다. 그 마음 하나면 문제없다. 베풀 줄 아는 그 마음 덕분에 어려운 이웃은 행복을 되찾을 것이고, 세상은 더욱 아름다워질 테니 말이다. 베풂을 실천하는 자세로 우리 모두 아름답게 살아가자.

사람은 그 눈을 보면 안다. 그 눈의, 눈길의 오고 감에 따라 "참 그 사람 선하네 그려" 이러기도 하고, "허허, 그 사람 참 눈빛이 별로 좋지 않네 그려" 이러기도 한다.

눈은 마음의 거울이라고 했다. 아무리 감추려고 해도 감출 수 없는 것이 인간의 눈이다. 눈이 없으면 볼 수 없으므로, 보이지 않으므로, 눈은 아주 중요하다. 또한 눈은 참 여러 가지다. 부처님의 자비스러운 눈도 있고, 알렉산더대왕, 시저, 징기스칸, 나폴레옹, 히틀러 등의 눈도 있다. 인간사(人間史)는 왜 평화주의자가 아닌, 살육자요 정복자요 파괴자요 전쟁지상주의자인 이들을 '영웅'이라는 호칭으로 부르며 숭배하고 우러르는 것일까?

그것은, 모든 인간의 내면에 이들이 가졌던 것과 유사한 살육과 정복과 투쟁의 기운이 서려 있기 때문일 것이다. 이런 기운을 없애고 평화와 자비의 심성을 키우기 위해 태동된 것이 종교다. 이웃을 사랑하라, 오른쪽 뺨을 때리면 왼쪽 뺨도 내밀어라, 자비를 베풀어라……. 강압적 논리에서 벗어나 화합과 화해의 논리를 펴는 것이 종교다.

이런 가정을 해 보자. 히틀러가 2차 세계대전에서 승리하여 그의 꿈대로 대제국을 이룩했다면, 후세의 사가(史家)들은 그를 어떻게 평가했을까. 아마 불후의 영웅으로 남아 영원히 우뚝 서서 존경받았을 것이다. 이것은 우문우답이다. 어쨌든 그는 패배했기 때문이다. 패배했기 때문에 미움 받을 뿐이다. 그것이 역사의 진실이고 추악한 인간의 치부이고 흑백의 논리다. 역사는 승자에게만 점수를 주고 그렇게 존재할 따름이다. 인간을 바라보는 시각, 시선은 이처럼 얼음조각같이 차갑고 냉엄하다.

세 살 네 살쯤 된 어린 소녀가 이른 아침 아직 이슬이 채 마르지 않은 백합의 꽃봉오리를 바라보며 웃고 있을 때…… 저 처절한 전쟁의 상흔을, 사랑하는 자식을 잃은 아프가니스탄과 이라크 여인들의 공포에 찌든 동그란 눈동자가 흐린 하늘을 올려다보고 있을 때…… 두 개의 시선은 말로 표현할 수 없는 깊은 적막을 이룬다. 항하의 모래알처럼 많고 많은, 삼천대천세계(三千大千世界)의 무궁한 나라 한가운데에서도 이러한 두 개의 시선은 서로 마주 보며 슬퍼하고 있을까.

　부산에서 뱃길로 이십여 분 거리에 있는 가덕도엔 유별난 송어잡이 어장이 하나 있다고 들었다. 목선 여섯 척이 빙 둘러서서 기다리고 있다가 송어 떼가 오면 일제히 그물을 들어올려 잡는 아주 원시적인 형태의 어장이다. 송어 떼는 해류를 따라 육지에 바짝 붙어 내려오는 습성이 있다고 한다. 이것을 잘 분별하여 지시하는 어로장은 높은 언덕바지 망대에 앉아 하루 종일 바다를 응시하고 있다.

　망인(望人), 또는 망잽이라고도 하는 박 씨는 이십 년째 이 일을 하고 있다. 그가 송어 떼의 움직임을 알아채고 손 마이크로 지시해야만 배들이 움직인다. 이것이 가덕도의 송어잡이다.

　하루 종일, 잠시도 눈을 떼지 않고 바다를 응시하고 있는 박 씨의 눈길은, 그의 시선은 어떠할까. 송어 떼는 언제 올지 모른다. 올 때도 있고 안 올 때도 있고…… 그러하다. 그런 송어 떼를 기다리며 박 씨는 연신 담배를 피워 문다. 그러나 바다 쪽으로 향한 그의 시선은 움직이지 않는다. 그것이 그의 업이고 본능이다. 마치 송어 떼가 해류를 따라 이동하듯이, 그 또한 시선을 고정시키고 그저 그렇게 자연스레 앉아 있는 것이다. 그것이 그의 법칙이고 철학이고 삶이다.

　언제쯤엔가는 송어 떼가 이 가덕도의 바다 쪽을 향해 오지 않을지도 모른다. 그러나 그때까지 박 씨는 가덕도의 망대에서 하루도 빠짐 없이 지켜보고 있으리라. 눈이 빠지게 숭어 떼가 오기를 기다리며 지켜보고 있으리라.

박 씨, 그의 시선은 과연 무엇일까?

나무 타는 내음 온 도량에 가득하다. 새벽예불이 끝난 미명
(未明)의 청량산, 나무 타는 내음이 그 어떤 최상의 전단향보다도 더 깊
이 더 아득하게 전신을 감싼다. 이 내음, 이 향을 어찌 말로 표현하랴.
모든 게 다 그러하듯 스스로 감지하지 않으면 느끼지 못하는 법. 알음
알이로는 체득하지 못하는 법.

부처님의 법도, 심법(心法)도 이와 같아서 입으로 전하여 오지 않
고 오로지 마음으로 전해져 올 뿐이다.

나에게는 더할 수 없는 진리의,

문자로 표현할 수 없는 깊고 묘한 법이 있으니,

이를 마하가섭에게 전하노라.

일찍이 부처님께서 중인도 마가다국의 기사굴산에서 설법하실 때, 문득 꽃 한 송이를 들어 대중에게 보이시며 이른 말씀이다. 그 심법이 이천수백여 년을 지난 먼 오늘날까지도 끊이지 않고 면면히 이어져 내려와 지금도 산중엔 염불하는 목탁 소리 울리고 법당엔 향화가 되어 오른다.

낡은 슬레이트의 요사를 헐어내고 기역자로 새로 크게 요사를 신축했는데, 방이 많아 기름이 엄청 든다. 그래서 나무도 같이 땔 수 있는 겸용 보일러를 설치했는데, 아침저녁으로 때는 나무의 양 또한 만만치 않다. 나무를 때니 좋긴 좋은데 대중의 '나무하기' 울력이 여간 아니다.

처음에는 절 주위의 죽은 나무들을 거둬들이곤 했으나 그것도 바닥이 나서 이젠 바깥으로 좀 먼 곳으로 원정을 나간다. 다행인 것은 간벌해서 버려 놓은 잡목들이 여기저기 제법 널려 있어 쉽게 주워 모아 트럭으로 싣고 올 수 있다는 것이다. 이 또한 큰 은덕이 아닐 수 없다. 이래저래 올 겨울은 '나무하기' 울력으로 대중의 노고가 컸다.

힘이 든 만큼 그 결과는 좋은 법. 쉴 새 없이 해 나른 나무를 톱으로 자르고 도끼로 뻐개어 어른 키보다 높게 차곡차곡 쌓아 놓으니 열

부자가 부럽지 않다. 오고 가며 이 장작더미를 바라보고 있으면 입가에 절로 미소가 번진다. 아주 아주 흐뭇하고 흐뭇하다.

사람은 자기도 모르게 주변에서 일어나는 일에 대해 길들여지고 민감해지는 법이다. 평소에는 그렇지 않았는데 요즘은 길을 지나다가도 땔감이 될 만한 나무들을 보면 한 번쯤 더 눈길이 가게 되니 우습다. 저걸 차로 싣고 갔으면, 저걸 싣고 가면 한참 동안 땔 텐데…… 이런 상념이 떠오르니 스스로도 우습다.

동트는 이른 아침이나 저녁 무렵에 굴뚝에서 피어오르는 연기를 본 적이 있으리라. 하염없이 허공으로 뻗어 오르는, 바람이 불면 조금씩 일렁거리다가도 다시 곧게 허공으로 피어오르는 연기를 본 적이 있으리라. 그런 연기가 참으로 좋다. 조그만 농촌 마을. 밥 짓는 저녁연기를 바라보고 서 있는 나그네의 뒷모습. 나그네의 심회를 그대들은 아는가. 산사의 뜨락에 번지는 나무 타는 내음. 피어오르는 굴뚝의 연기가 더없이 좋다.

새벽예불이 끝난 미명(未明)의 청량산,
　　　나무 타는 내음이 그 어떤 최상의 전단향보다도
　　　더 깊이 더 아득하게 전신을 감싼다.

삼천배의 의미

절은 왜 하는가? 절은 어떻게 하여 하게 되었는가? 이것은 어리석은 질문이다. 절은 아무도 시키지 않았고 그냥 자연스레 이루어졌다. 옛 벽화에서도 절하는 모습을 어렵지 않게 찾아볼 수 있거니와 절은 인간이 존재하기 시작한 아득한 어느 시점에서부터 태동했으리라 짐작된다.

절은 자기를 낮추는 행위다. 자기를 낮추고 상대방을 공경하는 하심(下心)을 절이란 행위를 통해 표출함으로써, 서로간의 믿음을 다지는 것이다. 족장 같은, 원시부족의 연장자이자 지도자인 이에게는 모든 이가 무릎 꿇고 절을 올렸으며, 그로 하여 그 집단이 공고하게 뭉쳐지고 동화되고 합일화되었다.

절은 서로의 마음을 열고, 서로의 꾸밈없는 소통을 위한 하나의 창이었다. 이 창을 통하여 서로를 위한 양보와 배려, 믿음이 생겨났다. 또한 절은 사회의 기초였다. 꼭 높은 분, 윗분만을 향해 절을 하는 것은 아니다. 동등한 위치에서도 절을 한다. '맞절'을 함으로써 신뢰를 깊게 하는 것이다. 초례청의 신랑 신부가 맞절을 하는 것도 이와 같은 맥락에서다.

우리의 저 어린 날, 깊은 밤중이나 새벽녘에 정화수 한 그릇 떠 놓고 두 손 마주 비비며 무어라고 중얼거리며 치성 드리는, 흰옷 입은 어머니의 뒷모습을 본 적이 있으리라. 허리가 꺾어질 듯 그저 절하고 절하는 어머니의 뒷모습을 본 적이 있으리라.

절은 고결하고 신성하다. 절하는 마음에는 한 점 티끌도 없다. 부처님을 향한 우리들의 경배도 어찌 이와 다르랴.

청량산 청량사에서는 일 년여 전부터 한 달에 한 번씩 밤 열 시부터 새벽 네 시 예불 때까지 삼천배를 올리는 모임을 가져 왔다. 절하고 절하면 무아, 무념, 무상에 든다. 온몸이 흠씬 땀에 젖어도, 다리가 아파 운신이 힘들어도 아무렇지도 않다. 스스로를 비우는 '거룩함'이 있으므로 절은 아름답다. 삼천배를 다 하지 못하더라도, 삼천배를 넘어 삼만배를 올릴지라도 모두 다 무관하다. 심적시불(心的是佛), 마음이 곧 부처임을 그대들은 알리라.

늘 결제하고 해제하는 마음으로

결자해지(結者解之)라는 말이 있다. 맺힌 게 있으면 풀어야 한다는 뜻이다. 사람이 서로에게 한(恨)이 있다면, 그것은 그대로 죽음으로 가는 길목일 뿐이다. 그래서 결자해지는 서로 화해하고 앞으로 좀 더 돈독해져서 좋은 길을 걸어가야 한다는 깊은 의미를 담고 있다.

결자해지. 오늘 우리들 모두에게 해당되는 말이 아닐 수 없다. 겨울이 지나가고 봄이 서서히 오고 있는 이 계절의 언덕바지에서 우리네 모두 한번쯤 돌이켜볼 일이다. 우리는 과연 무엇을 하였고, 또한 앞으로 무엇을 해 나갈 것인가를 뉘우치면서 생각해 볼 일이다.

어려운 시절이다. 모든 게 제대로 풀리지 않고 어긋나게 돌아가고 있는 이러한 시절에, 벙어리 냉가슴 앓는 듯 앓고 있는 고통스러운 시절에, 결자해지의 정신을 우리네는 되새겨야 한다. 조금 덜 먹고 덜 쓰고, 가난하고 괴로운 이웃들을 향해 한번쯤 가슴을 열고 자비스러운 마음으로 돌아볼 줄 알아야 한다. 그것이야말로 진정한 부처님의 가르침이 아니겠는가.

누군가가 지켜보고 있다. 냉정하고 무서운 눈초리로 지켜보고 있다. 캄캄한, 어두운 밤의 한가운데서 지켜보고 있다. 진실을 외면하고 그저 자기 편하고 이로운 것만 쫓아다니는 불나방 같은 존재들은 스스로의 허물을 뉘우치고 정도를 향해 새로이 걸어갈 줄 알아야 한다. 그리하여야만 복을 받는다. 복은 스스로 지어야만 돌아오는 법. 타인에게 선행을 베풀고 화내지 말고 늘 웃는 얼굴로 대하면 복은 오지 말라고 해도 오게 마련이다. 반대로, 자기만의 이로움과 편안함을 추구하는 자들은 종국에 가서는 파멸의 길을 걷게 된다. 그것은 자연의 섭리요, 진리다. 이런 자들에게 어찌 복이 오겠는가. 오던 복도 천리만리로 달아나버린다.

동안거 결제가 끝나고 해제가 찾아왔다. 길 없는 길을 찾아 석 달여 동안 탐구해 온 눈 푸른 납자들은 과연 무엇을 얻었는가. 무엇을 얻고 무엇을 버렸는가. 돌이켜보고 돌이켜볼 일이다. 헛되이 망상만을 키우며 귀한 시간을 낭비하고 있지나 않았는지, 귀한 시물(施物)로 만든 공양을 헛되이 축내며 그저 날짜가 지나가기만을 고대하며 앉아 있지나 않았는지. 그러하였다면 죄업이다. 죄업을 지을 바에야 차라리 공양간에 가서 허드렛일이나 하며 대중에게 봉사함만 못하다.

번뇌 망상을 저만치 내던져버리고 진정한 참구의 오솔길로 솔바람 소리처럼 스며들었다면, 행자의 바른 자세로 오로지 수행에만 전념하였다면, 그것이야말로 복덕이요, 선업이다. 차곡차곡 하루하루 선업을 쌓아 나간다면 종국에 가서는 활연대오, 부처가 될 수 있고 보살이 될 수 있다. 미망으로부터 벗어나 드디어 피안에 이를 수 있다. 제방선원에서 불철주야 용맹정진 하는 눈 푸른 우리 납자들이 모두 한결같이 부처가 되고 보살이 되길, 그래서 이 오탁악세가 오로지 광명으로 가득한 낙토(樂土)가 되길 기원해 본다.

결제가 어디 따로 있고 해제가 어디 따로 있겠는가. 늘 결제고 늘 해제다. 결자해지의 정신으로, 평상심으로 결제를 맞고 해제를 맞아야 한다. 화해와 자비, 겸손과 보시의 정신으로 나아갈 때, 꽃이 피고 지고 해가 뜨고 지는 이치를 비로소 터득하게 될 것이다.

동안거를 마치고 산문을 나서는 수좌 스님들의 뒷모습이 아름답다. 가벼운 걸망 하나 달랑 메고 뚜벅뚜벅 걸어 나가는 스님들은 어디로 향하고 있을까. 석 달여 해제 기간 동안 심신을 추슬렀다가 다시 어느 선원에 찾아들어 가부좌를 틀고 앉아 있을 수좌 스님들의 행보가 무

 사람이 살지 않는 곳에도 길은 있다

결제가 어디 따로 있고 해제가 어디 따로 있겠는가.
늘 결제고 늘 해제다. 결자해지의 정신으로,
평상심으로 결제를 맞고 해제를 맞아야 한다.

척이나 가벼워 보인다.

겨울이 가고 봄이 오는 길목에서 산색이 차츰 밝아지고 있는 새봄의 문턱에서, 오늘 해제의 발걸음은 가볍다. 떠나가는 길은 만행의 길이다. 다시금 큰 공부로 이어지는 만행의 길은 수좌 스님들에게 있어 소중한 시간들이다. 흐르는 뭇 사물들과 변화하는 자연의 오묘함을 지켜보면서 한 걸음 두 걸음 내딛는 만행의 길은 고통의 길도 되고 환희의 길도 된다. '해제'를 잃어버리고 정진, 또 정진해야 한다.

방거사가 말했습니다.

만법과 더불어 짝하지 않는 이가 누구냐? 방거사는 두세 번 자기의 전 재산을 나누어 주는 보시행을 했습니다. 그러다가 마지막 보시 때는 남에게 나누어 주지 않고 동정호 물 속에 처넣어버렸습니다. 자기의 보시행이 남에게 또 다른 업을 짓게 만든다는 사실을 알았기 때문입니다. 지난 삼동에 훌륭하게 정진하신 스님네들은 방거사 못지않은 기틀을 모두 갖추고 있습니다. 해제를 염두에 두지 않고 정진을 계속하면 생사를 요달하는 경계에 이를 것입니다.

효봉 스님은 가야총림을 이끄실 때 해제철을 알뜰히 챙기지 않으셨습니다. 언제든지 선지식을 만나면 법문을 청하고 세상을 열었습니다. "철 없이 정진, 또 정진하시다가 일대사 마치는 그 순간이

사람이 살지 않는 곳에도 길은 있다

바로 해제다"라고 늘 말씀하셨습니다.

만공 스님은 집을 많이 지으셨는데 결제 중 스님들이 울력을 하면서 불평을 많이 했어요. 그런데 정작 집이 완성되어 정진하기 좋게 되자 게으름을 피우더랍니다. 울력 중에는 정진을 들먹이고 정진 때가 되자 졸고 있는 스님들을 보고 만공 스님은 손해 많이 봤다, 집이나 더 짓자고 했더랍니다. 환경이 좋아지면 공부가 더 게을러지는 게 사람입니다.

조계총림 송광사 방장 보성 스님의 해제법어다. 정진하고 또 정진할 일이다. ▣

비원-천불천탑

누가 무엇 때문에 언제, 이렇게 많은 불상과 탑을 한곳에 조성하여 세워 놓았을까? 그것은 아무도 모른다.

현존하는 일반 사찰들과 달리, 운주사는 그 창건 시기가 불확실하다. 따라서 불상과 탑 또한 조성 시기가 보는 이의 시각에 따라 천차만별이다. 대체적인 논거에 따르면 약 11세기에서 12~13세기에 사찰이 건립되었고, 탑과 불상들은 그 이후 수 세기에 걸쳐 조성되었을 것으로 추정된다. 운주사는 건립 이후 서너 번쯤 중건되었는데 그 마지막은 19세기 초다. 설담 자우 스님이 천불천탑을 수리하고 약사전을 중건했다고 전해 오고 있다.

운주사의 탑과 불상들은 그 모양새가 참으로 특이하다. 한반도에 산재해 있는 어느 곳의 탑과 불상도 운주사의 것과는 닮지 않았다. 불상들은 우아하지도 않고 위엄 있지도 않으며 마치 길가에 버려진 듯 세워져 있는 장승처럼 평범하고 소박하다. 웃는 듯 우는 듯, 겨우 얼굴의 윤곽 정도만 갖춰 놓고, 옷 주름 정도만 음각으로 새김질해 놓고 마무리되어버린 불상들. 이목구비를 제대로 갖춘 원만상호의 불상은 불상군의 대좌 부근에서 출토된 금동여래입상과 금동보살입상 정도에 불과하다.

운주사 서쪽 계곡의 산 정상에는 흔히 와불이라 불리는 좌상과 입상, 시위불로 불리는 입상이 있다. 이 세 불상은 운주사 일대의 석불들 가운데서 가장 전형적인 것으로 기본 틀을 이루고 있다. 전설에 따르면 와불이 일어나는 날에 천지개벽에 오고 그때가 곧 미륵세상이며 고통받던 민중의 수난이 끝난다고 했다.

운주사를 감싸고 도는 도참사상과 미륵신앙의 줄기가 이 서쪽 계곡 정상의 와불에 쏠려 있음을 알 수 있겠다. 민중의 한 서린 비원이 이곳에 절절히 스며 있음도 알겠다. 돌부처가 오랜 잠에서 깨어나듯 벌떡 일어나는 날, 민중은 자신들이 둘러쓰고 있던 멍에를 벗고 비로소 인간다운 삶을 살게 된다는 원망(願望)이 인각되어 있음을 알겠다.

천불천탑을 세우려다 새벽닭이 울어 공사를 중단했다는 도선 국사의 설화를 들먹이지 않더라도 운주사는 미완의 도량으로 우리네 곁에 남아 있다. 한결같이 못생겨서 부처의 위엄이라고는 찾아볼 수 없고, 눈 코 입과 신체 비례도 제대로 맞지 않는 운주사의 불상들. 친근하면서도 파격적인 해학미가 돋보이는 불상들에게서 다시 한 번 민중의 애환을 느낀다.

석탑 또한 불상과 다르지 않다. 자연석 기단과 특이한 무늬, 다듬지 않은 판석을 그대로 올려놓은 무정형의 토속적 아름다움이 특별하다. 운주사 경내에 산재해 있는 1백여 돌부처와 30여 개의 석탑들은 밝혀지지 않은 신비스러운 내력과 함께 어떤 무언의 메시지를, 화두를 오늘날 우리에게 던지고 있다.

고려 전기에는 불교가 매우 주술적이고 신이적(神異的)으로 흐르는 경향이 있었다. 고려는 통일 과정에서 도선국사의 풍수도참설을 이용하였고, 통일 뒤에도 지배층은 불교를 통하여 통치력을 강화해 나갔다. 체계적인 불교사상의 선양과 실천보다는 민중 속에 스며든 이러한 조금은 이단적인 색채를 더욱 적극적으로 수용하면서부터 불상과 불탑을 비롯한 불교미술도 그 영향을 받지 않았을까 생각된다.

특히 고려가 통일을 이룩한 배경에는 지방 토착 세력, 즉 토호들의 힘이 많은 작용을 했는데, 이들은 각기 다른 그들 지역만의 특성을 살려 불교문화와 통치 기반을 형성해 나갔다. 그런 과정에서 토착신앙인

북두칠성 신앙과 미래불인 미륵신앙 등이 혼합되어 하나의 기류를 형성했다고 보아진다.

운주사의 칠성석도 그 하나라 할 수 있다. 운주사의 왼쪽 산자락엔 일곱 개의 원반형 바위가 있는데 그 배열 상태와 지름의 크기가 북두칠성의 방위각이나 밝기와 흡사하여 칠성신앙의 주요 유적지가 되었다. 이 바위들을 칠성석이라 한다.

그러면 운주사는 과연 누가 창건했을까? 도선의 창건설은 그냥 설화에 불과할 뿐 명확한 근거가 없다. 반면 고려승 혜명에 의해 조성되었다는 '동국여지지'의 기록은 신뢰가 가는 부분이다. 일찍이 논산 관촉사의 은진미륵을 세운 혜명(慧明)과 운주사를 창건한 혜명(惠明)이 동일인이 아닌가 추정되기 때문이다.

'혜(慧)' 자와 '혜(惠)' 자는 한자에서 서로 통하는 용례가 많다. 특히 논산 은진에 대인석상(大人石像)을 세운 것과 운주 골짜기에 천불천탑을 세운 것을 동일한 맥락에서 기록한 '일봉암기'는 주목할 필요가 있다. 역사적 시기가 운주사의 불적 편년과 가장 근접해 있고, 또 고려 초기에 이와 유사한 불사가 많았던 것과도 상통하는 사료이기 때문이다.

운주사지를 발굴한 학자들에 따르면, 운주사는 세 번이나 네 번쯤에 걸쳐 건설되었고 불상과 탑 또한 여러 해에 걸쳐 이루어졌으리라 추

정된다고 한다. 그러나 누가 운주사를 창건하고 누가 그 많은 탑과 불
상을 조성했을지 우리는 확실하게 알지 못한다. 다만 그것이 어떤 간
절한 염원에서 비롯되었으리라는 것을 짐작할 수 있을 따름이다. 천불
천탑은 하나의 비원(悲願)이다.

생의 한 순간

수행자는 고독하다.
반복되는 자신과의 싸움에서,
아무도 거들어주지 않는 싸움에서
어찌 고독하지 않을 수 있겠는가.

팔십 년 전에는 그대가 나였더니
팔십 년 후 오늘에는
내가 그대로구나

절은 왜 산에 있는가 1

"스님, 절은 왜 꼭 깊은 산에만 있어야 하나요?"

얼마 전, 정월 대보름 해제일에 법회에 참석한 대자행 보살이 내게 물었다.

"스님, 이렇게 깊은 산에 절이 세워지고 스님들이 살게 된 것이 어떤 연유에서 비롯된 것일까요?"

대자행 보살은 앞에 놓인 차가 식어 가는 것도 모르는 채 몹시 궁금해서 어쩌지 못하겠다는 표정을 짓고 있었다. 둘러앉은 여럿에게 차를 권한 뒤 나는 그 연유에 대해, 내력에 대해 짚어 보기 시작했다.

절이, 사원이 처음부터 산 속에 있지는 않았다. 붓다께서 대각을 이룬 뒤 처음 얼마 동안은 야외에서 법회가 이루어졌다. 인도는 더운 나라이므로 사람들은 주로 나무 그늘이 있는 숲 속에서 붓다의 설법을 들었다.

녹야원의 왕사성 밖 망고나무 숲에서 붓다께서는 쉬지 않고 설법하셨다. 몰려드는 우매한 중생들을 위하여 붓다는 침식을 잊고 깨우침을 위해 노력했다. 위법망구. 법을 위해 깨우침을 위해 육신을 잊는다. 육신의 모든 고통을 잊는다는 전언이 여기에서 비롯되었음을 우리는 알아야 한다.

붓다는 평생을 길에서 보냈다. 기원정사를 시주받아 머문 뒤에도 붓다의 설법 여행은 멈추지 않았다. 길이 법당이요, 길이 안식처였다. 팔만의 모든 경은 길 위에서 설해졌다. 절은, 가람은 따로 있는 게 아니다. 우리네 마음 안에 절이 있고 부처가 있다. 스스로 절 하나씩을 마음 속 깊이 짓도록 하자. 그리하여 연꽃처럼 피어나도록 하자.

절은 왜 산에 있는가. 옛날 어느 때에도 누군가가 이처럼 물은 적이 있다. 물음을 접한 선사는 이렇게 답했다.

"세속에 절이 있으면 세속의 모든 고통을 한 걸음 물러나서 지켜볼 수 없음이다. 같이 묻혀 있으므로. 그리하여 산 속 깊이 들어와 마음을 닦고, 멀리서 성찰하기 위함이다. 허나 이것이 전부는 아니다……"

사람이 살지 않는 곳에도 길은 있다

세속에 절이 있으면 세속의 모든 고통을
한 걸음 물러나서 지켜볼 수 없음이다.
같이 묻혀 있으므로. 그리하여 산 속 깊이
들어와 마음을 닦고, 멀리서 성찰하기 위함이다.

이것이 전부는 아니다 함은 수행처가 따로 있지 아니하고 이 사바
세계 모든 곳이 다 수행처고 가람이라는 넓은 뜻을 포함하고 있는 것이
다. 사람마다 얼굴이 다르고 성품이 다르고 그것을 담는 그릇이 다르
므로, 수행자들을 한곳에 모아 서로 도와 가며 나아갈 수 있게 하기 위
해 붓다께선 가람을 이루었다.

세속으로부터 조금 벗어난 곳에 가람, 곧 절이 생겨난 연유가 이에
있음이다.

대자행 보살과 둘러앉은 여럿은 차를 함께 마시며 이렇게 하루를
보냈다.

절은 왜 산에 있는가 2

겨울 청량산에 반가운 손님들이 찾아들었다. 우리 절에서 해마다 가을에 여는 산사음악회에 노래를 불러주는 불자가수 한 분과 그이의 친구들이었다.

눈 쌓인 산길을 걸어 올라오느라 힘이 들었는지 아휴, 아휴 하면서도 그이들은 청량산의 암봉과 숲을 뒤덮은 절경에 취해 좋아서 어쩔 줄 몰랐다. 법당의 약사여래불께 향을 피워 올리고 절을 한 뒤 그이들은 어린애들처럼 절의 여기저기를 뛰어다니며 구석구석 돌아보며 즐거워했다. 그러한 그이들을 보며 나 또한 무한 즐거워졌다.

대저 사람이 살아간다는 게 무엇인가. 이렇게 어쩌다 오고 가며 만나고 반가워하고 서로 안부를 물으며 한때를 같이 보내는 게 아니겠는

가. 그 이상의 또 무엇이 있겠는가. 승(僧)과 속(俗)을 벗어나 사람은 서로를 이해하고 존중하고 아껴야 한다. 그가 훌륭하든 훌륭하지 않든, 그가 부자이든 가난뱅이든, 그것은 아무런 문제가 되지 않는다.

웃는 얼굴에 누가 침을 뱉고, 아름다운 꽃을 보고 누가 화를 낼 수 있겠는가. 서로를 어르며 다독거리며 모자람을 채우며 우리들은 오늘도 이 추운 겨울을 견뎌내야 함을 알게 모르게 인지하고 있다. 그래서 모두 서로 즐거울 수 있지 아니한가.

작은 다실에 앉아 눈 쌓인 바깥 풍경을 바라보며 우리는 차를 마셨다. 이런저런 이야기 끝에 일행 중 한 사람이 불쑥 내게 물었다.

"스님, 절은 왜 이처럼 높은 산에만 있는 것인가요?"

나는 그이에게 절이, 가람이 생겨난 유래를 간략하게 설명하고 나서, 우리나라의 절이 산중에만 있다는 인식이 어찌하여 태동되었는지를 말했다.

삼국시대 신라에서는 물론 산중에도 절이 있었지만 도심에도 있었다. 신라의 거대 국찰인 황룡사와 사천왕사는 모두 서라벌 도심에 위치해 있었다. 매우 자유스러웠던 신라시대 사회 풍토에서 사월초파일의 연등놀이와 탑돌이는 큰 인기를 끌었고, 여기서 남녀 간의 사랑이 꽃피기도 했었다.

사람이 살지 않는 곳에도 길은 있다

《삼국유사》에 나오는 '지귀설화'는 이를 잘 입증해준다. 선덕여왕을 사모하다 못해 가슴에 불이 붙은 지귀에게 사월초파일 밤, 마침 분황사 탑돌이에 나온 여왕이 그녀의 팔찌 하나를 빼어 던져주자 그 불이, 심화(心火)가 꺼졌다는 설화다.

도심 속에서 번성하던 절과 법회는 그러나 조선시대에 와서 그 나래를 접어야만 했다. 숭유배불정책으로 모든 절과 승려들은 산중으로 쫓겨 들어가야만 했다. 연산군 때는 지금의 탑골공원 자리에 있던 원각사와 흥륜사 등은 기생방으로 전락되기까지 했다. 이런 과정이 오백 년이나 이어지다 보니 당연히 사람들의 뇌리 속에는 '절' 하면 곧 '산중'이라는 이미지가 형성돼버린 것이다.

하지만 오늘날엔 또 얼마나 많은 절이 도심에 자리 잡고 있는가. 일행은 고개를 끄덕이며 그제야 의문이 풀린 듯 환히 웃었다. 바깥에 희끗희끗 다시 눈발이 흩날리기 시작했다.

뛰어노는 아이들

아이들은 어디에 있든 어떤 행동을 하든 마냥 예쁘다. 우리 절의 마당으로 올라와 까르르 웃으며 뛰어노는 아이들의 모습은 그저 예쁘고 아름답기만 할 따름이다. 아이들에게 사탕을 하나씩 나누어 주는 나의 손은 바쁘다. 바쁘지만 너그럽고 그냥 부드럽다. 아이들을 데리고 절에 올라와 손에 손을 잡고 노는 엄마들도 그냥 좋다. 그들 모두는 행복하다. 자기 자신의 한도를 넘지 않고, 분수에 넘치는 욕망을 지니지 않고, 그저 주어진 삶을 사심 없이 살아가는 그들의 모습은 순수무구하다.

우리 절의 왼쪽 외청량 응진전에는 십육나한님이 모셔져 있다. 거기엔 옛 고려 말기의 왕인 공민왕과 그의 왕비인 노국공주의 상도 함께 모셔져 있다. 나한님들의 표정은 제각각이며 익살스럽고 장난스럽다. 마치 금방이라도 자리에서 일어나 뛰쳐나와 장난을 걸 것만 같은 그런 분위기다. 깔깔거리며 뛰어노는 아이들은 그분들 응진전의 십육나한을 닮아 있는 듯하다.

나한님들과 아이들, 참으로 아름다운 상상이 아닐 수 없다. 그 둘은 둘이 아닌 하나다. 아이들이 나한님이고 나한님이 곧 아이들이다.

무심(無心)으로부터 불성(佛性)이 꽃핀다고 하지 않았던가. 나한님과 아이들은 둘 다 한결같이 무심하다. 둘은 각각의 자리에 머물러 있지만 어울려서 손잡고 뛰어놀 만한 바탕을 모두 가지고 있다. 무심한 불성이 둘에게 내재되어 있다.

아이들은 저희들끼리 놀다가 마구 뛰어와서 내게 안길 때도 있다. 그들을 가슴 가득히 안으면서 나는 새삼 푸근함을 느낀다. 꾸밈없는 푸근함이 아이들과 나 사이에 따스하게 퍼져 나간다.

햇살이 금가루처럼 깔려 있는 하오의 한때, 산사의 뜨락은 그래서 아주 충만하다. 아이들과 나는 동화 속 같은 아주 먼 나라로 여행을 떠나기도 하고 거기서 한참 동안 머물며 많은 이야기를 나누기도 한다. 신기하고 꿈속 같은 그곳에서 우리는 함께 뛰어놀며 교감을 나눈다. 세 살 네 살쯤의 아이들과 그들보다 훨씬 나이가 많은 나이지만 아무런 상관이 없다.

문득 돌아가신 시인 천상병 님의 시 한 구절이 떠오른다.

이 얼마나 아름다운 심상의 표출인가. 그야말로 뺄 것도 보탤 것도 없는 시인의 무구한 노래가 아닐 수 없다. 환갑 지난 시인과 어린아이들이 나이의 많고 적은 시공을 뛰어넘어 함께 있다. 함께 뛰어놀고 함께 울고 웃는다. 세상에 이들 같은 사람들만 존재한다면 무슨 걱정거리가 있고 무슨 두려움이 있고 무슨 시름이 있으랴.

아이들은, 꼬맹이들은 늘 예쁘다. 미운 구석이라곤 아무 데서도 찾아볼 수 없다. 천진불(天眞佛)이란 말이 우리 불가에 전해져 내려오고 있지 아니한가. 천진한 부처를 이르는 이 말은 곧바로 저 어리고 천진난만한 아이들을 가리키고 있다. 부처가 어디 따로 있는가. 박새 같고 토끼 같고 개울물 소리 같은 아이들이 오늘도 즐겁게 우리 절의 마당을 가로지르며 뛰어놀고 있다.

나한

나한은 아라한(阿羅漢)의 준말이다. 부처 보살에 이어 세 번째 해탈위(解脫位)인 아라한은 신통 잘 부리고 어린애들처럼 장난치기를 좋아한다. 나한이 모셔져 있는 곳에서는 예로부터 이런 나한들의 장난기 때문에 곤욕을 치렀다는 우스갯소리가 전해져 올 정도다. 그만큼 나한이 민중과 가까이 있고 친근하다는 뜻이 이야기의 내면에 깔려 있는 것인지도 모른다.

장마철에 개울물이 불어 발만 동동 구르는 처사에게 업어서 건네준다고 해놓고는 멋모르고 업힌 그를 개울의 중간쯤에서 풍덩 빠뜨린다거나, 무거운 짐을 대신 들어주겠다고 하며 앞장섰다가 갑자기 사라져버리는 경우 등이 그러하다. 그러나 어떤 경우에도 결국은 일이 무

우리네 인간들의 형상이 하나도 같지 않고
각양각색 천태만상이듯 나한상 또한 그러하다.

사히 잘 처리된다. 낭패를 본 사람들이 절에 올라와 나한전 법당에 들어가 향을 피워 올리니, 자기를 물에 빠트리고 짐을 대신 들고 훌쩍 사라진 그 장본인이 바로 앞에서 눈웃음을 치며 앉아 있어 깜짝 놀랐다는 이야기도 있다.

나한은 부처나 보살처럼 그렇게 높은 자리에 올라앉아 있지도 않다. 그저 나지막한 자리에 아주 유머스러운 모습으로 모셔져 있는 게 보통이다. 나한전에 가면 한번 자세히 관찰해 보시라. 나한은 어린애처럼 개나 고양이를 안고 있거나 밟고 있기도 하고, 아예 반쯤 드러누워 졸고 있기도 하다.

나한은 그 장난기 어린 독특한 표정만큼이나 모셔져 있는 법당도 특이하다. 주로 천 길 낭떠러지 벼랑 위나 자연스레 파여진 암굴 같은 곳을 처소로 삼고 있는 것이다. 중생과 더불어 고통을 나누고 격의 없이 동고동락하고자 하는 민중불교의 근본정신이 나한이라는 신앙 형태를 통해 구현되고 전승되어 왔는지도 모른다.

나한상은 우람하게 크지도 않다. 어른 머리통 크기 정도이기도 하고 어린애 앉은 모양새만 하기도 하여 아주 친근하다. 불상처럼 화려하게 몸에 금칠을 하지도 않았을 뿐더러 뒷면에 탱화조차 그려져 있지 않다. 냇가에 자연스레 뒹구는 흔한 돌멩이를 주워 와 그냥 얼굴 생김

새나 대충 다듬어 올려놓은 것만 같다.

우리네 인간들의 형상이 하나도 같지 않고 각양각색 천태만상이듯 나한상 또한 그러하다. 십육나한이나 오백나한들은 그 많고 많은 숫자에도 불구하고 모두가 다 다르다. 험상궂게 찌푸린 모습도 있을 뿐더러 가가대소하는 형상과 과자를 입에 물고 코 흘리는 골목길의 개구쟁이 모양새도 있다. 인간의 본래 면모가 그대로 나한상들에게 나타나 있는 것이다.

오백나한은 영천 은해사 거조암(居祖庵)과 경주 기림사 영산전(靈山殿) 등이 볼 만하고, 십육나한은 봉화 청량사 외청량의 응진전과 서울 쌍계동 수락산 용굴암(龍窟庵) 등이 볼 만하다. 그리고 특이한 것은 안성 칠현산 칠장사(七長寺)의 나한전이다. 그곳은 고려 때의 왕사인 혜소 스님이 주석했던 곳으로, 흉포한 일곱 도적을 스님께서 신통력으로 감화시켜 입산 수도케 했으며, 이후 그 도적들이 칠장사를 수호하는 살아 있는 사천왕상이요, 나한상이 되었다고 전해져 온다. 이들의 사후에 상을 조성해 법당에 봉안했으니, 오백도 아니고 십육도 아닌 일곱 나한상의 유래가 그러하다는 것이다.

장난기 심한 나한들은 그 장난기 못지않게 신통력도 잘 부려, 민중이 어려움에 처해 깊이 간구하면 그 기도를 잘 들어주기로도 유명하다.

그래서 깊은 산 벼랑 위나 암굴 속의 나한들 앞엔 예로부터 기도하는 신도들의 발길이 끊이지 않았다.

민중과 멀리 떨어져 있지 않고 조금이라도 더 가까이 다가가려는 불교적 의지의 표현이요, 그리하여 나한은 친근하게 아무 거리낌 없이 시정(市井)으로 한 발짝 내려서서 화합했는지도 모를 일이다.

눈썹달

요즘은 새벽예불 때까지 가만히 앉아서 밤을 지새우는 적이 종종 있다. 이러다 이것도 한 버릇이 되지 않을까 싶다. 내버려 두자. 버릇이 되어버리면 되어버리는 것이고…… 모든 것은 섭리에 맡길 뿐이다. 한 개인의 삶도 그 삶의 가닥도 자신이 느끼지 못하는 순간에 문득 변화해 가는 게 아닐는지. 그것이 곧 물이 흘러가는 것처럼 자연스러운 섭리가 아닐는지.

어제 새벽엔 냉수를 한잔 마시려 쪽박샘으로 향하는데 숲 사이로 보일 듯 말 듯 눈썹달이 배시시 얼굴을 내밀고 나를 아련히 내려다보고 있었다. 안녕! 눈썹달아. 나는 괜히 반가워서 한참이나 서서 눈썹달과 인사를 나누었다. 눈을 맞추며 교감을 나누었다. 얼마나 반갑던지. 처

사람이 살지 않는 곳에도 길은 있다

음 보는 것도 아닌데 어제는 왜 그처럼 시리도록 반가웠는지 모른다.

숲 사이로, 나뭇가지들 사이로 배시시 얼굴을 내밀고 수줍은 듯 아련히 나를 내려다보고 있던 눈썹달. 기다리고 있었느냐, 눈썹달아. 냉수를 한잔 마시러 가는 길에 만난 너는 한편 날카로우면서도 무척이나 예뻤다. 너는 내가 이런 새벽에 쪽박샘으로 물을 떠 마시러 가는 걸 알고 있었느냐. 그래서 내가 나오길 숲 사이에 떠서 기다리고 있었느냐.

따뜻한 시선으로 우리는 인사를 나누었다. 쪽박샘에서 물을 떠 마시고 돌아오는 길에도, 우리는 다시 마주보며 은은한 미소를 주고받았다.

인간은 어리석은 존재다. 원래 어리석은 존재이기 때문에 탐욕의 굴레에서 벗어나지 못하고 헤엄쳐 나오지 못하고 허덕이고 있다. 그래서 수행이 필요한 것이다. 덜 먹고 덜 입으면서, 어리석음으로부터 벗어나는 길을 찾으려 하는 것이다. 지혜의 오솔길을 묵묵히 걸어가고자 하는 것이다.

선열(禪悅)이라는 말과 법열(法悅)이라는 말이 있다. 수행을 통해 느껴지는 기쁨. 끝없는 고통 속에서, 가슴 저 밑바닥에서 느껴지는 전류처럼 스쳐 지나가는 기쁨을 이르는 말이다. 수행자는 고독하다. 반복되는 자신과의 싸움에서, 아무도 거들어주지 않는 싸움에서 어찌 고독하지 않을 수 있겠는가. 그렇지만 수행자는 그 과정을 즐길 줄 알아

수행자는 고독하다. 반복되는 자신과의 싸움에서,
아무도 거들어주지 않는 싸움에서
어찌 고독하지 않을 수 있겠는가.

야 한다. 고통이라고 생각하면 더 이상 나아갈 수 없다. 더 이상 정진할 수 없다.

중국의 조주 선사는 백스무 해를 살았다. 백스무 해를 정진하며 살다 갔다. 누더기 한 벌과 바리때 하나에 의지하여 팔십 세까지는 한곳에 머물지 않고 세상 구석구석을 행각하며 지냈다. 길 위에서 지낸 팔십 년 세월. 그 후에야 그는 '관음원'이라는 조그만 절에 닻을 내리고 지친 육신을 쉬었다.

한 승려가 조주 선사에게 물었다.
"불법이 무엇입니까, 스님?"
선사가 답했다.
"뜰 앞의 잣나무니라."

선사의 눈길이 머무는 뜨락 한켠에 마침 잣나무가 서 있었던 것이다. 너무 알려고 하지 말아라. 진정한 선열과 법열은 그 앞에서 벗어나는 순간에야 문득 느낄 수 있는 것이다. 자신으로부터 해방될 수 있는 것이다. 오늘 이 새벽에도 제방의 선원과 토굴에서 눈 푸른 납자들이 생사를 걸고 일생일대의 싸움을 벌이고 있지 않은가.

냉수 한잔을 떠 마시러 쪽박샘으로 향할 시간이 되었다. 어제 새벽

에 본 눈썹달이 숲 속 나뭇가지들 사이에 떠서 오늘도 나를 맞아줄 것

인지. 배시시 얼굴을 내밀고 나를 아련히 내려다보고 있을 것인

지…….

웃음의 힘

 아마 있을 것이다. 평생 한 번도 웃어 보지 않은 사람이 이 지구상에 존재했다는 이야기를 어디선 가 본 것도 같고 들은 것도 같다. 우리네 삶은 온기가 있고 화기(和氣)가 있고 윤기가 있어야 한다. 그래야만 사람과 사람 사이가 돈독해지고 두 터워진다. 단절이 없는 세상. 사람과 사람 사이, 마을과 마을 사이, 나 라와 나라 사이에 다리가 놓이고, 그 다리를 오고 가며 서로 웃음을 주 고받는다면 그 어찌 좋지 않으랴. 평화롭지 않으랴.

웃음은 명약이요, 보물이다. '웃는 낯에 침 뱉으랴' 라는 속담이 암 시하듯 웃음의 힘은 크고 또한 소중하다. 웃음이 없는 세상을 상상해 보라. 그 세상은 단절이요, 암흑이다. 캄캄한 암흑이 지배하는 세상에서 어찌 싹이 트고 꽃이 피고 새가 울겠는가. 우리네에게 웃음은 병을 고쳐주는 명약이요, 보물이다.

석굴암 대불(大佛)의 있는 듯 없는 듯, 어린 듯 만 듯한 미소는 천 년의 시공을 뛰어넘는다. 먼 동해를 굽어보며 떠오르는 아침의 붉은 햇덩이를 응시하며 천 년의 세월을 그냥 가만히 앉아 계시는 석굴암 대불의 미소는 신비로움을 뛰어넘어 아득하고 영원하다.

부처님은 어느 때 대중 앞에 설법하셨다. 그때 천상에서 꽃비가 내렸다. 부처님께서는 꽃 한 송이를 대중에게 들어 보였다. 수천의 대중 속에 오직 가섭 혼자만이 미소지었다. 염화시중의 미소였다. 그 미소가 오랜 풍상을 겪으며 면면히 이어지면서 내려와 서라벌 토함산 정상의 대불에게로 전해졌을까.

웃음에도 여러 가지가 있다. 마구 웃어대는 폭소와 홍조 어린 새색시의 귀밑 아련히 붉히는 수줍은 웃음, 깔깔거리는 간드러지는 웃음, 교활하고 간사스러운 웃음, ……. 웃음의 모양새와 격은 천차만별이요, 각양각색이다.

한때 우리 사회 일각에서 모두 웃으면서 살자는 이른바 '스마일' 운동이 벌어진 적이 있다. 웃는 모습이 그려진 플라스틱 배지를 나누어 주면서 대대적으로 벌인 그 운동은 그 당시에는 아주 인상적이고 효

과적이었다. 길거리 곳곳에서 어깨띠를 두르고 배지를 나누어 주면서 웃음 짓던 아가씨들의 모습이 떠오른다. 오죽했으면 이런 운동이 계획되고 전국적으로 실시되었을까. 그 뒤에는 웃지 않는 우리 사회의 어두운 그늘이 도사리고 있었기 때문이다. 허나 웃자. 웃자 웃어라 웃어라 한다고 누구나 마구 웃을 수 있겠는가. 웃을 수 있는 여건과 환경이 조성되어야만 웃을 수 있지 않겠는가. 저절로 웃게 되는 세상이 진정한 웃음의 세상이지, 웃는 운동을 통해 억지로 웃음을 유발시키는 세상은 참된 웃음의 세상이라 할 수 없다.

가을이다. 가을이 점차 깊어 가고 있다. 시골 초등학교 운동장에서, 만국기 휘날리는 운동장에서 꼬마들의 맑은 웃음소리 드높다. 향수처럼 다가오는 가을 운동회가 열리는 시절이다. 꼬마들도 그렇고 꼬마들의 아빠 엄마 할머니 할아버지들도 모두 즐겁고 기쁘다. 함께 모여 앉아 김밥, 찐 고구마, 감자 등을 나누어 먹으며 웃음꽃 피운다. 좋은 시절의 좋은 웃음꽃 바다다. 초가지붕 위에 덕스럽게 매달려 있는 둥근 박. 우리네의 소담스러운 박이고 먼 옛날 흥부네의 박이다. 박을 켜며 좋아서 어쩔 줄 모르던 흥부네 식구들의 왁자지껄 웃는 모습이 떠오른다. 박 같은 둥근 웃음, 민초들의 웃음.

이 가을, 오곡백과가 풍성하게 익어 가는 가을에 우리 한번 마음 놓고 크게 웃어 보자.

정과 한

한국인은 정한(情恨)이 많은 민족이다. 정과 한이 얼마나 절절하게 맺혀 있으면 노랫말 하나하나, 방방곡곡에 무수하게 깔려 있는 전설 하나하나에도 어김없이 가슴 저미는 애틋함이 스며들어 있다.

나를 버리고 가시는 님은

십 리도 못 가서 발병 난다.

아리랑 아리랑 아라리요…….

'아리랑'의 정서는 이 나라 이 산천 어디를 가도 만날 수 있는, 우리 민족에게 보편화된 정서다. 십 리도 못 가서 발병 난다는, 떠나지

사람이 살지 않는 곳에도 길은 있다

말라는 애틋함은 시인 소월에게로 와서 '가시는 걸음걸음 놓인 그 꽃을 사뿐히 즈려밟고 가시옵소서' 라는 가락으로 승화된다. 아프지만 떠나보내야 하고, 이왕 떠나보낼 바엔 원망 없이 고이 떠나보내겠다는 진정한 별리의 수심이 가락 속 갈피갈피마다 고여 있는 것이 아니겠는가.

진달래 흐드러지게 피어 있는 산언덕이나 이른 봄 남도 들녘에 가없이 펼쳐진 푸르고 푸른 보리밭 이랑이나 갯벌 여기저기 점점이 흩어져 조개 캐는 아낙들의 시린 등짝에서나, 눈물 두어 방울 떨어뜨리지 않고는 차마 그냥 지나칠 수 없는 메아리 같은 그 무엇이 어김없이 남아 있어 우리를 흔들리게 한다.

천성이 순박하여 흰옷을 즐겨 입고, 이웃을 잘 돌보고 살필 줄 알며, 일을 할 때 '품앗이' 라 하여 모두 같이 협동으로 일하며, 또한 놀 때는 만사 팽개치고 신명나게 몇 날 며칠을 아낌없이 놀 줄 아는 우리 한민족은, 그리하여 정이 많다. 정이 너무 많아서인지 늘 외세에 쫓기고 피해를 입고, 피해 입은 상처가 곪아 터져 시리고 아프기 이를 데 없다. 허나 아무리 짓밟아도 다시 살아나는 잡초처럼 한민족은 끈질긴 생명력으로 죽지 않고 버텨 왔고, 그 짙푸른 생명력으로 말과 글을 지켜내고 가꿔 올 줄 알았다.

자신만의 말이 있고 글이 있는 민족은 절대로 멸망하지 않는다. 그것이 문화다. 고유의 문화를 간직하고 발전시킬 줄 아는 민족만이 영구히 살아남을 수 있으며 번창할 수 있다. 비록 외세에 침략당하고 지배받았다 할지라도 비관하지 않고 희망을 버리지 않았으므로 오늘날 이처럼 의연하지 아니한가.

타력(他力)에 의존하지 않고 자주적 정신을 계승하고 이어가는 한 민족의 미래는 밝다. 한반도는 결코 작은 나라가 아니며, 한민족은 결코 연약하고 피해망상에 젖어 있는 민족이 아니다. 굳건하게 세계의 중심에 우뚝 서서 그 기상을 펼쳐 나가게 될 것이다.

정이 많은 민족, 그리고 그 밑바닥에 샘물처럼 고여 있는 한이 많은 민족. 일하다 힘들면 잠시 쉬면서 새참을 먹고, 누가 먼저랄 것도 없이 북 장단에 맞추어 어깨춤 덩실덩실 추며 민요 한 자락 부르는 민족. 월드컵 축구 경기 때엔 목이 터져라 아리랑을 합창하며 어깨동무하고 흥을 돋우지 않았던가.

신명이 없으면, 신바람이 없으면 아무 일도 하지 못한다. 신명 없고 신바람 없는 민족이, 사회가 어찌 제 구실을 할 수 있겠는가. 그런 의미에서 우리 한민족은 어디 내놓아도 손색이 없는 민족이다. 시름겨울 때도, 즐거울 때도 훌훌 털어버리고 일어설 줄 아는 의지와 끈기를 갖춘 슬기로운 민족이다.

봄 햇살이 따사로운 절간 마당에 나와 앉아, 시시로 변화하는 산색(山色)을 바라본다. 볼수록 신묘하고 고운 산색. 저 산색 더욱 짙어지면 여름이 찾아오리라. 무성한 숲 사이로 남도 창 한 소절 아련하게 들려올 듯도 싶다.

초심

초심(初心), 언제 들어도 질리지 않고 지치지 않고 거역할 수도 없는 신선한 단어다. 사람이 모름지기 초심으로만 나간다면 어찌 그 뜻한 바를 이루지 못하겠으며, 그리하여 성취한 후 그 몫을 누구에겐들 못 나누어 주겠는가. 이 사바세계에 몸을 두고 오고 가면서 무엇인가에 참다운 살신성인의 모습으로 다가갈 수만 있다면, 그것은 아름다운 것이라 할 수 있다.

세파에 휘둘리지 않고 탁함에 물들지 않고 행(行)할 때 흐트러지지 않고 굳건한 심지로 일관하여 나아간다면 언젠가는, 힘들고 힘들지만 그러나 꼭 다가가야 할 저 불지(佛地)에 오르지 않겠는가.

초심은 출가한 사문(沙門)에게만 해당되는 표현은 아니다. 세간에 있는 이들도 자신의 본분을 바로 알고 뜻을 바로 세워 일구월심 정진해 나아간다면 무언가를 꼭 이루어낼 것이요, 좋은 결실을 맺게 될 것이 분명하다.

초심이란 처음으로 마음을 낸, 처음으로 배우는 사람을 일컬을 때 쓰는 표현이다. 처음, 깨끗하고 파아랗게 삭발을 하고 깊고 깊은 산사의 경내를 다소곳이 오고 가는 행자들의 뒷모습은 얼마나 아름다운가. 얼마나 겸손해 보이는가. 그 모습은 또한 얼마나 송구스럽고 안타깝고 메아리처럼 그리운 것인가.

그 뒷모습을 한켠에 서서 가만히 지켜보다 그만 눈길을 돌려버린다. 눈길을 돌려 운무가 자욱한 앞산을 바라다본다. 앞산은 가까이 있을수록 더욱 멀어 보이고 더욱 거룩해 보인다. 몇천 년 몇만 년을 거기 있었는가, 저기 앞산은. 거기 그대로 가만히 있어, 정좌해 있어 늘 우리네를 굽어보고 내려다보고 있는 앞산은.

앞산은 가깝고 친근하다. 따사로운 벗처럼 거기 머물러 있어, 오늘도 우리를 품어주고 있다. 가슴속에서 어떤 뜻 모를 서러움이 복받쳐 올라올 때, 왠지 모를 아득함으로 휩싸여 있을 때, 문득 고개를 들어 쳐다보는 앞산. 앞산은 엄하면서도 부드럽다. 그리하여 우리를 감싸 안으며 다독거려준다.

처음, 깨끗하고 파아랗게 삭발을 하고
　　깊고 깊은 산사의 경내를 다소곳이 오고 가는
행자들의 뒷모습은 얼마나 아름다운가.

한겨울, 손 시린 새벽녘에 삶은 시래기를 도마에 올려놓고 썰다가 눈물 한 방울 툭 떨어뜨리며 자신도 모르게 올려다보는 앞산. 그것은 행자의 초심의 앞산이다. 누구도 훔쳐보지 못하고 누구도 감히 건드릴 수 없는 전인미답 미개(未開)의 새푸리 앞산…….

다소곳이 경내를 오고 가던 초심의 행자들은 《초발심자경문》을 배우고 익히고 소리 내어 읽는다. 큰 방에 빙 둘러앉아 경문을 읽는 행자들에겐 아무런 사심도 없다. 이른 아침의 한때, 잠들기 전 저녁의 한때, 이런 행자들의 모습이 창호문에 어릴 때 우리는 그만 숙연해져서 놀란 듯 자리를 비킨다.

처음으로 마음을 낸 사람은 반드시 나쁜 벗을 멀리하고 어진 이를 가까이 해서 오계와 십계 등을 받아 잘 가지고 범하고 트고 막음을 알지니라…….

이미 출가해서 청정한 대중에 참여하였으니 항상 부드럽고 화합하고 잘 따를 것을 생각할지언정 자신을 내세워 뽐내지 말지어다……. 재색의 화는 독사보다도 심하니 자기를 반성하고 그름을 살펴서 항상 반드시 멀리 여읠지니라…….

청정한 승가에 첫 발에 들여놓은 초심의 행자들에게 처음으로 들려주며 경책하는 〈계초심학인문〉은 보조 국사의 저술이다. 깨끗하게 파아랗게 삭발을 하고 깊은 산사의 경내를 숨은 듯이 오고 가는 초심의 행자들의 뒷모습이 오늘도 끊임없이 이어지고 있다.

감풍, 감우

감풍(甘風)이란 말은 우리네 국어사전에 없다. 감우(甘雨)는 단비다. 가뭄 끝에 쏟아져 내리는 비를 두고 농부들은 손뼉을 치며 '단비'라고 했다. 감풍은 굳이 풀이하자면 '아주 시원하고 좋은 바람'이다. 요즘 같은 찜통더위 속에서 이따금씩 불어주는 한줄기 바람은 아주 좋은 청량제가 아니던가. 그리하여 감풍이란 표현을 써 보는 것이다.

산으로 올라가는 길은 멀고 험하다. 무더운 여름날 허위허위 오솔길을 따라 올라가는 그 길 위에서 잠시 땀을 식히며 앉아 있을 때, 조금씩 불어오는 바람은 참으로 고맙고 고마운 감풍이었다. 삶의 후미진 한 구석에서 남몰래 애타게 무언가를 찾아 헤매는 모두에게 이러한 감풍이 가끔씩 불어주었으면 하는 마음 간절하다.

모든 것이 시들어 가고 있다. 텃밭의 상추도 고춧잎들도 고개를 푹 숙이고 마치 졸고 있는 듯하다. 기승을 부리는 무더위를 견디기 어려워 여린 식물들도 이처럼 안타깝게 고개를 푹 숙이고 있는 것이다. 물뿌리개로 이따금씩 이리저리 물을 뿌려주긴 하지만 그것으로 갈증이 풀리지는 않는다. 사람도 식물도 견디기 힘든 이 여름이다.

어느 시인의 시 한 구절이 새삼스레 떠오르는 한낮에, 아무런 대책도 없이 그냥 앉아 있을 따름이다. 앉아 있다가 도랑의 이곳저곳을 서성거릴 따름이다.

감풍, 시원하고 좋은 바람이 이따금씩 불어와 이마에 맺힌 땀을 식혀주고, 감우, 단비가 이따금씩 내려 뜨거운 대지를 식혀준다면 오죽 좋으랴. 생활고에 찌들고 무더위에 지친 우리네 민초들에게 잠시나마 웃음을 되찾아준다면 오죽 좋으랴.

만사는 인간의 염원대로 이루어지지 않는 법이다. 여기서 가뭄이 들면 저기서 홍수가 나는 것이 자연의 섭리다. 한곳이 흥하면 한곳이 망하고, 그리하여 역사는 새로이 다시 써지게 마련이다. 이쪽 마을에선

사람이 죽어 곡소리가 슬픈데, 저쪽 마을에선 삼대독자 옥동자가 태어나 웃음꽃이 만발하고 있다.

우리가 모르고 감지하지 못하는 일들이 오늘 지금 이 순간도 그칠 새 없이 일어나고 있다. 새삼스러운 일이 아니다. 지구는 늘 돌고 있고 하늘의 별자리는 늘 제자리를 지키며 반짝이고 있을 뿐이다.

"계율의 대중화가 필요합니다. 윤리가 사라진 현대 사회에서 계율은 삶을 값지고 윤택하게 만드는 방편이며 생활의 규범이 될 수 있다고 생각하기 때문입니다……."

계율을 지켜 윤리를 회복하고 인성을 되찾자는 취지 아래 대구 팔공산 동화사에서는 대대적인 법회를 계획하고 있다.

"생명보시로 부처님의 법 실천합니다……."

청도 운문사 학인스님 육십여 명은 헌혈과 장기 기증 등록을 했다. 가만히 있어도 땀이 흐를 정도의 무더위 속에서 스님들은 길게 줄을 서서 자기의 차례를 기다리고 있었다.

"내 몸을 보시해 누군가를 도울 수만 있다면…… 그것이 곧 무주 상보시의 실천이 아닐 것인지요……."

감풍 감우 같은, 소나기 같은 한줄기 시원한 법어가 아닐 수 없다.

한밤중의 초승달

어저께 밤엔 밖에 나갔다 순간적으로 깜짝 놀랐었다. 이리저리 뜨락을 거닐다 문득 고개를 들어 동쪽 하늘을 바라보니 숲 사이로 새빨간 초승달이 칼날처럼 날카롭게 그 모습을 드러내 놓고 있지 아니한가. 붉은 달, 그보다 더하여 새빨간 달, 이런 달을 보기란 극히 드문 일이다. 달이 붉으면 흉년이 든다는데…… 요즘 정치와 경제 상황이 순조롭지 못하니 걱정스럽다.

새빨간 초승달이 비수처럼 날카롭게 숲 사이에 떠 있는 것을 상상해 보라. 마치 나뭇가지에 걸려 있는 것처럼 뾰족이 고개를 내밀고 있는 것을 상상해 보라. 나는 순간적으로 섬짓함을 느꼈다. '아! 달도 저처럼 변할 수가 있는 것이구나. 달의 모양새도 저처럼 묘하게 변해 보일 수 있는 것이로구나…….' 그런 생각에 산사의 뜨락을 거닐다 몸을 부르르 떨었다.

자연은 천변만화한다. 계절에 따라 날씨와 기상 변화에 따라 그 모습과 빛과 색깔을 달리한다. 달 또한 그러하다. 초승달이 있으면 보름달이 있고 하현달, 그믐달이 있다. 두둥실 보름달 떠오른 희고 환한 밤이 있는가 하면, 칠흑같이 어두운 달 없는 그믐밤도 있다. 열흘이고 보름이고 스무날이고 그칠 줄 모르고 비가 쏟아져 내리는 장마철이 있고, 논바닥이 갈라 터져 농부들을 한숨짓게 하는 가문 날들도 있게 마련이다.

인생사 또한 그러하지 아니한가. 울 때도 있고, 웃을 때도 있다. 권력을 잡아 떵떵거릴 때는 세상 부러울 것 없어 즐겁고, 그 권력이 남의 손에 넘어가 감옥에 처박혀 있을 때는 자신이 한심하고 세상이 무상해서 한숨짓는다.

요즘 가끔 보도되는 일이지만 교통사고를 당해, 물놀이를 하다 잘못되어 어린 생명들을 잃은 부모들의 이야기가 들린다. 그들은 맥을 놓고 주저앉아 하염없이 운다. 생각해 보라. 그들 새 생명이 태어났을 때는 얼마나 기뻐했겠는가. 모든 것은 자연법이다. 자연의 순리를 거스르지 않고 자연스럽게 살아가야 무리가 오지 않는다. 예부터 천리라

하여 사람들은 자연에 순종하며 살아왔다.

천리(天理)를 어기면 역리(逆理)요, 역천(逆天)이다. 그러하면 꼭 좋지 못한 일이 생긴다고 믿어, 지혜 있는 옛 사람들은 절대로 자연을 거스르지 않았다. 하늘에 순종하고 땅에 순종하며 살던 옛 사람들은 그 심성이 부드러운 흙만큼이나 순했다. 타인을 시기하고 미워할 줄 모르고, 있으면 있는 대로 없으면 없는 대로 서로 도와 가며 살았다.

여기저기 좋은 풀을 좇아 이동하며 살아가는 목축민족과 한곳에 정착하여 농사를 지으며 살아가는 농경민족은 그 생활관습과 기질이 판이하다. 한곳에 뿌리를 내리지 않고 이동하며 살아가는 목축민족은 땅에 대한 애착이 별로 없다. 그래서 난폭하고 호전적이다. 반면 땅에 뿌리를 내리고 철 따라 농사를 지으며 살아가는 농경민족은 성정이 온순하고 평화적이다. 농경민족은 곡식을 수확하는 하늘과 땅에 감사하는 의미에서 꼭 제사를 올렸다. 해마다 철마다 올리는 제사는 성대했고, 그로 인하여 동족간에, 부족간에 자연스럽게 화해의 장이 마련되었다.

산과 들에 의지하며 살아온 농경민족인 우리 한민족은 이제껏 한 번도 다른 민족을 침입하여 괴롭히지 않았으며, 입어 온 입성처럼 성품도 희고 순결했다. 그래서 중국에선 한민족을 동방예의지국이요, 백의민족이라 일컬었다.

초승달이 있으면 보름달이 있고 하현달, 그믐달이 있다.
두둥실 보름달 떠오른 희고 환한 밤이 있는가 하면,
칠흑같이 어두운 달 없는 그믐밤도 있다.

올해도 흉년이 들지 않고 풍년이 들어 순박한 우리 백성들의 가슴이 조금은 따뜻해졌으면 하는 바람이다. 농산물 개방이다 뭐다 해서 가뜩이나 침울한 마당에 흉년마저 들면 어쩌겠는가. 그 감당을 백성들이, 농민들이 어찌하겠는가. 무슨 힘이 있어 정부가, 관료기관이 힘써 도와주겠는가.

붉은 달, 붉다 못해 새빨간 한밤중의 초승달을 바라보며 산사의 뜨락을 거닐다 몸을 부르르 떤다. 우풍순조민안락(雨風順調民安樂)이라 했다. 그저 태평하길 바랄 뿐이다.

침묵과 소리

"음악은 그저 표현되어 있는 음표에 따라 들려주는 소리일 뿐이
다……."

천재 음악가 바흐의 말이다. 음악은 그 이상도 그 이하도 아니라는
말인가? 바흐는 이 말을 남긴 지 얼마 안 되어 숨을 거두었다. 바흐가
남긴 조금은 애매한 이 말을 새삼 꺼내 되새기는 것은 그의 치열한 음
악적 정신을 기리기 위해서다.

바흐는 짧은 생애를 살다 갔다. 그런 그가 왜 음악은 그저 들려주
는 소리일 뿐이라고 했을까. 추측하건대 바흐는 인위적인 음악 소리보
다 자연이 들려주는 소리를 더 좋아하고, 자연의 소리가 더 위대하다
는 것을 이미 깨우쳤던 것 같다.

봄의 꽃봉오리 터지는 소리, 여름의 소낙비 내리는 소리, 늦가을의 우수수 낙엽 지는 소리, 펄펄펄 눈 내리는 겨울밤에 스산하게 불어 대는 바람 소리……. 자연의 소리는 곧 침묵의 소리다. 침묵이 만들어내는 소리는 태초로부터 있어 왔고, 그것은 모든 소리의 모태다. 바흐는 이런 모든 소리를 깊이 듣고 인지하고 그 근원을 좇아 새기면서 그의 음악적 삶을 마무리했던 것 같다. 불교의 아주 덕 높은 선사의 임종게 같은 말을 남기고 바흐는 갔지만 그의 음악은 지금도 우리 곁에 남아 있다.

아주 오래 전, 문학 평론을 하시던 운학(雲學) 스님이 일본 유학에서 갓 돌아와 마땅한 거처가 없어 서울 근교의 여러 곳을 다니다가 관악산 아래 기슭의 화장사(華藏寺)에 둥지를 틀었을 때였다. 무슨 볼일에선지 어느 날 저녁 스님 몇이서 그를 찾아가 같이 차를 나누었는데, 그는 얼굴 가득 미소를 띠며 베토벤, 바흐 등의 서양 클래식 음악을 우리에게 들려주었다.

"스님네들도 가끔은 이런 음악을 들어 보는 게 좋습니다……."

이러면서 그는 서양의 고전음악에 대해 띄엄띄엄 친절하게 설명해 주었다. 그의 서재엔 수많은 음반들이 쌓여 있었고, 우리가 부러운 눈초리로 그것들을 살펴보았던 기억이 새롭다.

뜻하지 않은 불치의 병으로 운학 스님은 그 후 얼마 지나지 않아 이승을 떠났지만, 그가 들려주던 음악 소리가 새삼 귓전을 스치는 듯하다. 그때나 지금이나 서양 고전음악에 대해 별로 조예가 없기는 마찬가지지만, 오늘 어쩌다 바흐가 남긴 말을 음미하면서 사람은 양(洋)의 동서를 막론하고 그 마음의 근저(根底)가 여일(如一)하다는 것을 깨닫는다.

서양의 오페라에 비견되는 남도 판소리는 우람하고 장중하고 구성지다. 경기 민요는 그 해학적인 노랫말과 함께 흥겹게 가슴에 와 닿는다. 밤늦게 진도 아리랑이나 정선 아리랑의 한 소절을 듣고 있으면, 우리네 삶의 한가운데 고이 숨겨져 있던 그 무엇이 실타래처럼 풀어져 내리는 듯한 묘한 울림이 왠지 모르게 누선을 자극한다.

소리의 근원은 침묵이다. 침묵이 만들어내는 소리의 여운. 그 여운이 살아서 숨 쉬는 조그만 이 산방에 뿌옇게 새벽빛이 어리고, 마치 화답이라도 하듯 이름 모를 산새들이 우짖기 시작한다. 어리석은, 우매하기 짝이 없는 인간의 본성을 조금이라도 깨우쳐주기 위해 음악은 그처럼 존재했던 것일까. 그것으로나마 인간이 악업의 그물에 걸리지 않고 순해지기를 기원했던 것일까.

음악을 연주하는 콘서트가 자주 열리는 연말이다. 한 해를 마무리하고 불우한 이웃을 돕기 위해 많은 이들이 좋은 일들을 한다. 춥다. 아주 추운 거리를 옷깃을 세우고 움츠리고 바삐 사람들이 간다. 군고구마와 땅콩 등을 파는 리어카의 가스 등불이 깜박거린다. 대학로 같은 곳에선 거리 연주회도 심심찮게 열리는 모양이다. 좋은 현상이다. 꼭 크고 화려한 세종문화회관이나 예술의 전당 같은 곳에서 연주되는 음악만이 훌륭한 것은 아닐 것이다. 가난한 사람들이 움츠리고 길을 가다어쩌다 듣게 되는 음악이 더욱 값지고 고마운 것일지도 모른다.

신라인

경주 일원은 유적의 보고다. 집 수리를 하다가 담장 밑에서 희귀한 금동 불상이 발견되기도 했거니와, 그 어드메를 괭이로 파 보아도 옛날 기와 한 조각은 나타날 만큼 경주는 고대 신라의 숨결을 아직도 간직하고 있다. 신라인들은 경주의 옛 이름인 서라벌을 불국토로 가꾸고자 온갖 정성을 다했다.

경주 시내 어디서든 올려다보이는 남산은 이전 신라인들의 염원이 담긴 곳이다. 그리 높진 않지만 아기자기하고 여기저기 많은 골이 형성되어 있는 남산은 수많은 탑파와 불상들이 아직도 남아 오래 전 그 옛날을 이야기해주고 있다. 목이 부러지고 팔이 잘리고 비바람 긴 세월에 상호가 희미해지긴 했어도, 신라인들의 혼이 깃든 이 유적들은

부처의 나라인 불국토.
태어남도 죽음도 아픔도 단절도 없는 극락정토를
신라인들은 꿈꾸었고, 영원을 향한 손짓이 그들을 불렀다.

우리들뿐만 아니라 이곳을 찾는 세계인들에게 깊은 감명을 주고 있다.

작은 불국토인 남산을 지나 토함산 기슭에 이르면 불국사다. 부처의 땅에 어찌 부처가 머물 집인 절이 없을 수 있겠는가. 청운교 백운교를 쉬엄쉬엄 올라가면 오른쪽엔 다보탑, 왼쪽엔 석가탑이 자리하고 있다. 아사달 아사녀의 슬프고도 아름다운 전설이 녹아 있는 탑을 몇 바퀴 돌아 대웅전에 참배하고 다시 뜰로 내려선다. 아사녀가 몸을 던진 영지(影池) 뒤편으로 넓은 들녘이 펼쳐져 있다. 천 년의 세월이 지났건만 아직껏 영지는 그 옛날의 모습을 지닌 채 살아있다. 살아서 햇빛을 반사하며 은빛으로 반짝이고 있다.

대각(大覺)을 이루어 부처가 된 석가는 생전에 집이 없었다. 집을 갖지 않았고 집이 있을 필요도 없었다. 설법을 위해 기원정사에 잠시 머물렀을 뿐, 석가는 그의 평생을 길에서 보냈다. 길이 그의 집이고 설법처며 안식처였다. 그러다 길에서 기나긴 고행의 생을 마감했다. 그런 석가의 집이 여기 마련되어 있다. 열반에 든 지 아주 오랜 후의 신라 적에 불심이 갸륵한 신라인들이 그들의 이상향인 불국토를 이룩하기 시작하면서 여기 토함산 기슭에 석가의 집을 만든 것이다. 참 오래된 집에서 석가는 지금도 염화시중의 알 듯 모를 듯한 미소를 머금고 있다.

부처의 나라인 불국토. 태어남도 죽음도 아픔도 단절도 없는 극락 정토를 신라인들은 꿈꾸었고, 영원을 향한 손짓이 그들을 불렀다. 그들은 그 손짓에 부응하여 수십 년간의 긴 세월에 걸쳐 절을 짓고 탑을 만들었다.

불국사를 지나 솔숲이 우거진 작은 오솔길을 따라 한참 올라가면 탁 트인 동해 바다가 시야에 들어온다. 여기 석굴암에 이전에도 없었고 이후에도 없을 대불(大佛)이 멀리 동해를 바라보고 계시다. 인간의 손으로 빚어졌다고 감히 상상할 수 없는, 돌로 이루어진 석가모니 대불이 좌정하고 계시다. 천 년 세월의 시공을 뛰어넘어 묵묵히 동해의 만경창파를 바라보고 계시다.

아침의 붉은 해가 둥실 바다 속에서 솟아오르면, 그 첫 빛살이 대불의 이마에 박힌 백호와 정면으로 마주쳐 일순간 하나의 빛이 된다. 신라인들은 어떻게 하여 대불의 백호광명과 동해의 해돋이를 직선으로 일치시켰을까. 그것은 고도의 과학적인 능력과 더불어 그들의 깊은 신앙심이 빚어낸 결과이다. 인간은 자연과 떨어져 있는 이질적인 존재가 아니라 자연 그 자체다. 천지만물 산천초목이 생겨났다 때가 되면 소멸하듯이 인간 또한 그러하다. 이런 순환의 법칙을 근간으로 한 자연과의 합일점, 귀일점을 향해 신라인들은 두 손을 모아 경건하게 합장했던 것이다. 오늘날의 사람들처럼 신라인들은 결코 서두르지 않았다.

 사람이 살지 않는 곳에도 길은 있다

몇 년이 걸리고 몇십 년 몇백 년이 걸리든 결코 상관하지 않았다. 하던 일을 후세들에게 물려주고, 그 후세들이 다시 후세들에게 물려주는, 시간과 공간 세대를 뛰어넘는 엄숙함이 신라인, 그들에겐 있었다.

우리네 어머니를 누가 달래랴

1980년 5월 18일을 전후한 국내 신문 기사는 한결같이 이러했다.

- 광주에 이어 전국에 비상계엄령 선포.
- 광주 전역에 북한 남파간첩이 주도하는 폭동 발생, 이들은 무기를 탈취하여 수천 명이 무장, 진압에 나선 군인들을 향해 발포, 사상자가 속출했다고 전해지고 있으나 현재로선 자세한 내용을 알 길이 없음.
- 전 국민, 광주의 친북 세력 무장 난동에 분노를 금치 못하고 있음.
- 정부는 곧 폭도들을 진압, 안정을 회복하겠다고 발표했음.

사람이 살지 않는 곳에도 길은 있다

- 현재 국가는 비상사태이므로 모든 국민 여러분들은 유의해주시기
  바람.

신문들은 이렇게 연일 보도했고, 국민들은 긴장된 심정으로 가슴
졸이며 그 추이를 지켜볼 따름이었다. 며칠 후, 모든 것이 끝났다는 짤
막한 기사와 함께 '전두환' 대장의 전역식 행사가 모든 신문을 뒤덮었
다. '전두환 대장'. 그는 그야말로 떠오르는 이 민족의 태양이었다.

오늘, 스물네 번째 맞는 광주민주화운동 5·18. 그 행사장에 노무
현 대통령을 비롯한 많은 요인들이 참석해 눈시울을 붉히고 고인들의
명복을 빌었다. 노대통령은 이렇게 말했다.

"이제 과거를 잊고 분열되지 않는 화합의 시대를 열어 가야 할 때
입니다……."

'폭도'에서 '광주사태'로, '광주민주화운동'으로 이어진 쓰라린
이 민족의 5·18. 그것이 과연 대통령의 이 한 마디로 잊혀질까? 부모
를 잃고 자식을 잃고 남편을 잃고, 아직도 생사조차 모른 채 뜬눈으로
밤을 지새우는 이들에게 그것이 정녕 하루아침에 잊혀질까? 스물네 해
가 아니라 그 열 배, 백 배의 세월이 지난다 해도 그 한 맺힌 서러움과
분노가 그이들의 가슴 속에서 정말로 지워질 수 있을까?

"우리를 죽이고 짓밟아 놓고, 그 위에 올라서서 대통령이 되고 장

관이 되고 국회의원이 되고, 그래서 아직까지 끄떡도 없이 잘 먹고 잘 사는 그자들이 빈말이라도, 정말 빈말이라도 '잘못했습니다' 이런 사과의 말 한 마디라도 했으면 이렇게까지 되진 않았을 텐데……."

그러했다. 그들은 자신들의 밥그릇을 챙기기에 바빴고, 사과 따윈 아마 생각조차 하지 않았으리라.

광주 망월동 국립묘지엔 죽은 이들과 함께 생사를 알 수 없는, 행방불명된 이들의 묘비가 세워져 있다. 임○○의 영靈, 조○○의 영靈, 허○○의 영靈……. 그이들의 헛묘다. 당시 15세 된 막내아들을 그리워하며 어머니는 눈물로 밤을 지새운다.

"가만 있으면 미칠 것 같아 이렇게 늘 뜨개질을 하고 있어요……."

아들은 잃은 또 한 어머니는 이렇게 말했다.

"개가 짖으면 우리 애 왔는가 싶어 헐레벌떡 달려 나가곤 하지요. 밤에 대문도 못 닫게 한답니다. 우리 애 오면 어떡할려구……."

세상에 어찌 이럴 수가 있단 말인가? 이것은 무엇인가? 한때 이른바 '광주사태'의 진상을 밝히려는 국회 청문회가 열려 국민들의 관심을 끌었지만, 그것은 모두 허사였다. 국회의원들의 특기인 고함지르기와 성의 없는 답변만으로 이어진 그 청문회는 하나의 체면치레와 허식으로 끝났다.

 사람이 살지 않는 곳에도 길은 있다

그나마 노태우 정권 때인 1989년, 노태우, 김영삼, 김종필이 3당을 합당해버림으로써 모든 것은 사라졌다. 자동으로 폐기되어버렸다.

그러나 아직 길이 남아 있다. UN은 전쟁범죄와 학살 등 치유될 수 없는 큰 죄를 저지른 자들에겐 그 공소시효를 불문하고 사법적 처리를 할 수 있도록 명기해 놓았다.

망월동 묘역. 즐비한 묘비들의 행렬. 우리는 오늘 모두가 죄인이다. 흰옷 입고 국화 한 송이 갖다 놓고 흐느껴 우는 어머니들의 한을 누가 달래랴. 오늘같이 비 오는 밤에, 망월동 묘역은 쓸쓸하리라. 역사가 무엇이든 화해가 무엇이든, 문을 열고 내다보는 우리네 어머니들을 누가 달래랴.

선시

선시(禪詩)는 명제 그대로 선(禪)의 경계를 시로 표현한 것을 뜻한다. 같은 언어 예술이지만 시는 산문과 달리 극도의 언어적 절제를 요한다. 군더더기를 빼고 꼭 필요한 만큼만의 말로, 마치 새벽이슬을 머금은 백합이 떠오르는 태양빛을 받아 문득 그 꽃봉오리가 만개하듯 영혼의 절정을 향한 노래다.

침묵과 정적으로 일관하던 선승이 어느 날 활연대오하여 입고 있던 옷을 훌훌 벗어던지고 마당으로 뛰쳐나와 덩실덩실 춤을 추며 하늘과 땅 산하대지를 향해 개구일성(開口一聲)으로 부르는 노래 오도송(悟道頌), 그것이 선시다.

파란만장한 생을 마감하고 부모미생전(父母未生前)의 그곳으로 돌아가고자 할 때, 부처님처럼 사라쌍수 아래서 모로 누워서, 목욕재계하고 법상에 올라 제자들과 몇 마디 법담을 나눈 뒤 좌정한 채로, 우리나라 근세의 혜월 스님처럼 솔방울이 가득 들어 있는 꼴망태를 메고 선 채로 회귀할 때, 그때 부르는 노래 열반송, 그것이 선시다.

수행의 이 계곡 저 골짜기를 넘나들면서 뼈를 깎는 생사의 문턱을 넘나들면서, 환희와 고뇌의 순간순간을 징검다리 건너듯 건너면서 부르는 노래, 그것이 선시다.

견성(見性)에도 초견성(初見性)이 있고 대견성(大見性)이 있다. 초견성하여 자족에 겨워 노닐다가 그쯤에서 그만 주저앉는 경우도 있고, 스스로를 다독거리며 오랜 보임(保任)의 세월을 거쳐 활연대오, 비로소 삼생(三生)의 오고 감을 꿰뚫어 보고 저 모든 의단(疑團)을 일시에 타파하여 부처를 이룬 경우도 있다. 말로 표현할 수 없는, 형언할 수 없는 그런 경지를 그분들은 시의 형태를 빌려 노래했다. 그것이 선시다.

세존께서 오십 년 가까이 길에서 오고 가며 설법한 대장경의 대부분은 소설과 시로 이루어져 있다. 그 가운데서도 시로 펼쳐진 수많은 경전들은 현세의 우리네들에게도 깊은 감동을 준다.

오늘날의 시인들이 감히 흉내조차 낼 수 없는 은유와 대위법 등을 통하여 세존은 어리석은 중생을 깨우치기 위한 한 방편으로 이처럼 시를 선택했다. 초기경전인 《숫타니파타》에서 소 치는 '다니야'와 나눈 시화(時話)는 이러하다.

> 모기나 쇠파리도 없고
>
> 소들은 늪에 우거진 풀을 뜯어 먹으며
>
> 비가 내려도 견뎌낼 것입니다.
>
> 비를 뿌리려거든 비를 뿌리소서.

세존은 다니야의 노래에 이렇게 화답했다.

> 내 뗏목은 이미
>
> 잘 만들어졌다.
>
> 거센 물결에도 거침없이 건너
>
> 이미 피안(彼岸)에 이르렀으니
>
> 그러니 비를 뿌리려거든
>
> 비를 뿌리소서.

세존은 각자(覺者)이시며 또한 위대한 시인이었다. 그리하여 그분은 더욱 영원하다.

　　우리나라의 큰스님들도 훌륭한 선시를 남겼다. 서산 대사(西山大師) 청허 휴정(淸虛休靜)은 세수 85세, 법랍으로는 67세가 되던 해, 조선 선조 37년 1월 묘향산 원적암(園寂庵)에서 마지막으로 설법을 하고 임종게를 남겼다.

> 천 생각 만 생각이
> 붉은 화로의 한 점
> 눈발이다.
> 진흙소가 물 위로 떠다니니
> 대지와 허공이
> 함께 찢어진다.

　　임종게를 남기고 서산은 주위의 시자들에게 거울을 가져오도록 이른다. 그는 거울에 비친 자신의 모습을 물끄러미 들여다보면서 다음과 같은 최후의 노래를 불렀다.

> 팔십 년 전에는
> 그대가 나였더니
> 팔십 년 후 오늘에는

내가

그대로구나

서산은 그리고 조용히 좌탈했다.

근세의 고승 만공(滿空) 화상은 해방되기 전해인 갑인년(甲寅年),
병석에 눕게 되었다. 병석의 머리맡에서 까치가 우는 소리를 듣고 그는
일어나 앉았다. 그리고 떨리는 손으로 다음과 같은 시를 써 내려갔다.

　　피곤한 인생

　　산란한 봄꿈이여

　　아침에 우짖는 까치

　　부처의 소리를 토하는구나

　　갑인년

　　사월 초파일에

　　백초(百草)가 푸르니

　　붉음도 알겠도다.

생사의 옷을 갈아입을 때가 되었음을 감지하면서 그는 그렇게 떠
나갔다. 대저 삶과 죽음이 이러할진대, 무엇을 안타까워하고 무엇을

 　사람이 살지 않는 곳에도 길은 있다

두려워할 것인가?

선시는 그저 선시일 뿐이다. 선시는 그저 스쳐 가는 한 줄기 바람일 뿐이다. 허나 선시는 우리에게 커다란 여운을 남긴다. 그리하여 오래 우리네 곁에 남아 있다.

남산 위에 저 소나무

가장 한국적인 나무는 소나무고, 또한 한국인이 가장 좋아하는 나무도 소나무다. 삼천리강토 어디를 가도 볼 수 있는 것이 소나무요, 예부터 한국인이 살아온 집인 한옥도 대부분 소나무로 지어졌다. 소나무는 목재로서의 가치도 높을 뿐만 아니라 그 수명도 아주 길다.

남산 위에 저 소나무

철갑을 두른 듯

바람서리 불변함은

우리 기상일세……

이렇듯 애국가에도 나올 만큼 소나무는 그야말로 민족의 나무다. 이처럼 소중한 소나무가 요즘 대대적으로 수난을 당하고 있다.

한국 사람들은 왜 그다지도 이른바 ‘개발’이라는 걸 좋아하는지 모르겠다. 이 개발이라는 미명 아래 우리의 소중한 국토가 얼마나 많이 잘려 나가고 덮어씌워지고 파괴되고 있는지 짐작조차 할 수 없다.

훼손된 국토 안에는 수천 년간 이어 온 갖가지 문화재와 그 문화재를 가꾸고 보살펴 온 우리 선인들의 소중한 지혜와 정신이 깃들어 있다. 이런 것을 무시하고 걸핏하면 골프장이니 댐이니 놀이기구니 해서 가뜩이나 좁은 땅덩이를 마구잡이로 파헤치는 근시안적 개발 행위는 그야말로 우리를 슬프게 만들고 있다.

그런데…… 개발은 멈출 줄 모르고 계속 이어지고 있다. 옳은 개발이 아닌 나쁜 개발이 우리 주변에서 끊임없이 자행되고 있다. 지방자치제가 실시된 이후부터 이런 변고가 더욱 기승을 부리기 시작했다. 골프장이나 공장 등을 건설하는 허가권을 군청이나 시청에서 아무 눈치 보지 않고 멋대로 내줄 수 있게 되면서부터 이런 마구잡이식 개발이 도를 더해 갔다. 바로 눈앞에 보이는 세수(稅收) 이익에만 집착한 나머지 공무원들은 거리낌 없이 허가권을 남발했다. 그 결과 몇십 년씩 자란 소중한 소나무들이 하루아침에 베어져 나가 주인 없는 시체처럼 산자락 끝에 나뒹굴게 되었다.

허가권을 둘러싼 부정행위 등의 말썽도 말썽이지만 '내 것이 아니고 내 책임도 아니다' 라는 공무원들의 구태의연한 인식이 더욱더 국토 파괴, 산림 파괴를 부채질하고 있다. 여기에 더하여 해마다 되풀이되는 솔잎혹파리 등 병충해에 의한 피해는 이제 걷잡을 수 없이 우리 소나무들을 위협하고 있다.

민족혼이 담긴 소나무가 만약 이 땅에서 자취를 감춘다고 상상해 보라. 얼마나 참담할 것이며 얼마나 커다란 재앙이겠는가. 자라나는 후손들에게 소나무 한 그루도 제대로 보존하여 물려주지 못했다면 그 부끄러움과 상실감을 어디에 비견할 수 있을 것인가.

개발도 좋고 반짝하는 눈앞의 이익도 무시할 수 없다고 치자. 그러나 국가 백년대계를 생각한다면, 치산치수(治山治水)를 위정(爲政)의 근본으로 삼아야 마땅하다고 여긴다면, 아직도 늦지 않은 이 시점에서 되돌아보아야 할 것이다.

사찰이나 궁궐 등 문화재 보수에 꼭 쓰여야 할 나무들마저 없어서 외국산 수입 원목을 들여오는 현실이 그저 안타까울 따름이다. 뻘겋게 속살을 드러내고 있는 보기 흉한 민둥산은 이제 없다. 그러나 하늘을 찌를 듯 쭉쭉 뻗어 오른 보기 좋은 소나무들은 이제 국토 어디서든 그 모습을 찾아보기 힘들다.

그동안 먹고 사는 데 바빠서 국토를 보존하고 가꾸는 데 소홀했다

치더라도, 이제 대오각성하여 우리 귀중한 소나무들에게 각별히 관심을 기울이도록 하자. 애정 어린 시선으로 우리나라 나무인 소나무를 살피도록 하자.

그래도 한 가지 좋은 소식이 들린다. 조선시대부터 이 나라에서 가장 좋은 소나무로 꼽혀 왔던 경상북도 봉화의 춘양목이 그 명맥을 잇고 있다는 소식이다. 충분히 벌채하여 쓸 정도는 아니지만, 엄격한 관리로 모양새가 날로 좋아지고 번창하고 있다니 참으로 다행한 일이 아닐 수 없다. 이 춘양목 같은 일등 소나무 종자가 전국 각지로 퍼져 나가 무성해진다면 우리네 국력도 그에 따라 한층 푸르러질 것은 물론이다.

뻘겋게 속살을 드러내고 있던 민둥산이 이제 푸른 옷 입었다고 그저 좋아만 하고 있을 게 아니라, 일등 소나무들이 하늘 높이 쭉쭉 뻗어 올라 위용을 자랑했으면 하는 바람이다. 우리 문화재는 우리 땅에서 나고 자란 우리의 전통 소나무로 중창하고 보수해야 마땅하고, 그리해야 후대에 떳떳하지 않겠는가. 아무리 좋다는 외국산 음식이라도 우리 토종에 비할 바가 아니듯이, 아무리 우람하고 실하다는 외국산 원목이라도 어찌 이 땅의 춘양목 같은 소나무에 견주랴.

어떤 연세 지긋한 분이 잊혀지고 사라져 가는 우리 문화를 찾아 전국을 헤매고 다니는데, 특히 고유의 전통 화장실을 발굴하여 책자로

민족혼이 담긴 소나무가
만약 이 땅에서 자취를 감춘다고 상상해 보라.
얼마나 참담할 것이며 얼마나 커다란 재앙이겠는가.

낸다기에 조언해준 적이 있었다. 이층 구조로 된 사찰의 목조 화장실 (해우소)은 아직도 심심찮게 볼 수 있거니와 팔공산 산마루에 위치한 신라 적부터의 암자인 속칭 '돌구무절' 의 기막힌 돌구무(멍) 화장실은 모를 것 같아 소개해준 게 그것이다. 천몇백 년간 사용해 왔을 그 기상 천외의 화장실은 아직 한 번도 치운 적이 없을 테니 말이다.

영리와 잇속에만 밝은 요즘 세상에 아직도 이런 분이 남아 있다니 놀랍고 소중하여 한참 동안 입가에 미소가 감돌았다. 남이 하지 않는 일을, 쳐다보지도 않는 일을, 별 득도 되지 않는 일을 한다는 건 어렵고 귀한 까닭이기 때문이다. 아주 오래된 소나무 같은…….

추사 김정희 선생이 제주도에 귀양 가 있을 때 그린 '세한도' 는 워낙 유명해서 모르는 이가 없을 정도다. 세 그루 소나무를 배경으로 하여 달과 집을 배치한 다소 스산한 느낌의 겨울 풍경을 그린 그 그림 속의 소나무들이 얼마나 멋들어진지, 세한도를 생각하면 그 나무들의 자태가 절로 뇌리에 떠오를 정도다. 아주 한국적인, 한국의 대표 소나무라고 할 만한 그 소나무들을 추사는 담담한 필치로 그려내었다. 추운 겨울의 제주 풍경을 유감없이 표현한 세한도. 추사는 그 자신이 그 속으로 들어가 앉아 지금껏 나오지 않고 있다.

내가 가끔 지나치는 길목에 추사의 세한도 속 소나무들과 흡사한 소나무들이 있어 걸음을 멈추게 하는 곳이 있다. 이 소나무들 역시 너무 멋들어져서 한참 동안 보게 만들곤 하는데, 얼마 전엔 오랜만에 그곳을 지나다가 그만 깜짝 놀라고 실망스러워 어쩔 줄 몰랐다. 하필이면 그 소나무들 아래 바짝 붙여 창고 비슷한 건물을 지었는데, 그 건물을 짓느라 그랬는지 가지 하나가 부러져 바람에 이리저리 흔들리고 있었던 것이다. 세한도 속의 추사 소나무들이 잘려 나간 느낌이 들 정도로 그날은 몹시 우울했다.

한국의 보물인 소나무들이 더 이상 피해를 입지 않고 원형대로 보존되길 바라는 마음 간절하다. 無等

우골탑

우골탑은 문자 그대로 소의 뼈다귀를 쌓아 올려 만든 탑이다. 신성한 학문의 전당, 진리의 전당이라 하여 '상아탑'이라는 고귀한 이름으로 불리던 대학이 우골탑이라는 이상한 이름으로 탈바꿈하여 불리게 된 연유는 과연 무엇일까? 그것은 참으로 아이러니하며 슬픈 사연을 담고 있다.

육십 년대를 전후하여 생기기 시작한 우골탑. 그 배경엔 사무치도록 그립고도 뼈아픈 전설 같은 이야기가 숨겨져 있다. 못 배운 나의 한을 자식에게는…… 무슨 수를 써서라도 자식 하나만은…… 이리하여 땅 팔고 소 팔고 땡빛을 내서 자식을 서울로 서울로 유학 보낸 것이다. 자신은 못 먹고 못 입어도 좋으나 자식은 그리 되면 결코 안 된다는 부모의 한 서린 정 때문에 우골탑은 만들어졌다.

자식들이 이런 부모의 바람대로 대학을 졸업하고 판검사가 되고 군수 영감이 되고 중앙 부처의 높은 관리가 되고 하다못해 섬마을 선생이라도 되어 동네 잔치도 흐드러지게 벌이고, 그래서 부모의 한을 풀어드렸는지 어쨌는지는 모를 바이지만, 헐벗고 굶주렸던 그 시절에 자식을 서울로 유학 보낸다는 건 보통 일이 아니었다. 보통 일이 아니라 하늘의 별 따기에 견줄 만큼 지고지난한 길이었다. 그래도 어찌해서든 필사의 힘을 다해 유학을 보낸 부모들이 많았으니 생각할수록 눈물겹다.

조선시대부터 탐관오리의 등쌀에 시달리다, 일본 놈들의 36년간에 걸친 수탈, 6·25 전쟁과 자유당 독재로 이어지는, 참 필설로 형용할 수 없는 역사의 숱한 굴곡 속에서, 피폐해질 대로 피폐해진 민심은 자식을 출세시켜 집안을 일구려는 간절한 염원으로 귀결되었던 것이다.

지금처럼 경운기나 트랙터 등 농기계가 많이 보급되지 않았던 그 시절에는 소 없이 농사짓기가 어려웠다. 어려운 정도가 아니라 거의 불가능에 가까웠다. 소가 없는 집은 소를 빌려 농사를 짓고, 그 대가로 얼마간의 쌀이나 돈을 주어야만 했다. 이러니 소가 없는 집은 농촌에서도 무척이나 가난한 축에 속했다. 소는 또한 논이나 밭을 가는 데만 쓰일 뿐 아니라 무거운 짐을 실어 나르고 송아지를 낳아 부를 축적하는 데도 기여했다. 이러하니 소는 농가에서 없어서는 안 될 필수품이었다.

이처럼 귀하디귀한 소를 팔아 서울로 유학 간 자식의 학비를 댔으니 어찌 우골탑이란 말이 생겨나지 않았겠는가. 대학들은 소 팔아 바친 등록금을 모아 번쩍거리는 대리석으로 화강암으로 붉은 벽돌로 검은 벽돌로 자꾸 자꾸 건물을 높이 올려 나가다 보니 어언간 우골탑이라는 이름으로 불리게 되었던 것이다.

지금도 별반 다를 바 없지만 그 당시에 대학 4년 동안의 학비를 대자면 그야말로 허리가 휘청하고 기둥뿌리가 뽑힐 지경이었다. 해마다 오르는 등록금을 견디다 못해 학생들은 데모를 하고 어떤 대학에선 총장실을 점검하여 단식 농성에 들어갔다고 하니 이 어찌 강 건너 불 보듯 할 일인가. 대학을 운영하는 재단에서는 아무것도 하지 않고 오로지 학생들의 등록금에만 의존하여 매사를 처리해 왔으니 오늘날 이 지경 이 꼴이 된 게 아니던가. 재단은 앞날을 내다보고 수익사업을 벌여 자체적으로 대학을 키워 나가야 마땅하다. 사학비리는 어제 오늘의 일이 아니다.

소 팔아 낸 등록금으로 번드르르하게 쌓아 올린 우골탑. 아무런 내실도 없고 겉만 번드르르한 우골탑을 바라보는 사람들의 마음은 쓰라리고 아프다. 그런데도 어찌하여 대학들은 마치 우후죽순처럼 이다

지도 많이 생겨나는가. 알다가도 모를 일이다. 짧은 기간 안에 어떻게 기자재를 마련하고 도서관 박물관을 마련하고 교수진을 확보하고 학생들을 모집하는지 아무리 생각해 봐도 이해가 가지 않는다. 그저 안타깝고 슬픈 우골탑의 전설 같은 이야기가 되풀이되지 않기를 바랄 따름이다.

<h1 style="text-align:right">생각 하나 띄우며</h1>

역사는 바로 씌어져야 한다. 그럼으로써 후세들에게 바로 읽혀져야 한다. 하지만 오늘 이 시점에서 왜곡된 많은 사실들이 진실로 포장되어 그것이 곧 진실인 것처럼 알려져 왔고, 앞으로도 그렇게 전달되어 갈 듯하다. 모든 것은 우리가 모르는 어느 시점에서 이미 왜곡되어 온 그 사실들을 은폐하고, 오로지 좋은 것만을 도려내어 보여주고 있을 뿐이다.

우리나라는 많고 많은 고통을 겪은 나라다. 우리나라 역사의 모든 구석구석 이모저모를 일일이 따져서 밝히는 것은 거의 불가능에 가깝다. 그리하여 하나의 절망적인 논리에 이르기도 한다. '아무것도 하지 못한다. 아무것도 하지 못하므로 절망한다.' 이렇게 아주 지극히 어려운 논리에 이르는 것이다. 이것은 비극이다. 비극을 쫓아내고 지극한 아름다움으로 다시 탄생시킬 수는 없는 것일까? 있다, 분명히 있다. 왜 우리는 아는 것을 외면하고 속이려 하는 것인가? 그것은 역사적 불륜이다.

우리는 한 개인으로서의 직관과 신념과 그로 인한 고뇌를 언제나 간과해버리고 있다. 오직 그 개인의 업적과 순수만을 기억하고 있다. 그로 인하여 엄청난 오해와 혼란이 이 짧은 근현대사를 진실과 거짓이 미묘하게 얽힌 역사의 숲으로 내몰았다. 알 수 없는 일이 어디 하나둘 뿐이던가. 시절의 흘러감이 그야말로 물과 같아서, 그저 하염없이 불어대는 바람결처럼 그렇게 흘러가고 또 흘러가고 있을 따름이다.

만해 한용운, 큰 이름이다. 꿋꿋한 불교적 정신으로 나라가 어려운 시절에도 바른 뜻을 굽히지 않았던, 그는 하나의 사표(師表)로서 존재하는 분이다. 민족 대표 33인 가운데 하나였던 최남선이 종로 사거리에서 만해 스님을 우연히 만나 "이보게 만해!" 하고 불렀다. 그러자 만해 스님은 뒤돌아서서 '퉤퉤' 하고 침을 뱉고는 그냥 가버렸다. 최남선이 당황해서 쫓아갔지만 만해 스님은 홀연히 가버리고 말았다. 최남선은 이미 변절한 사람이기 때문이었다. 같은 33인 가운데 한 사람이었던 최린의 뺨을 갈긴 사건도 이와 거의 동일한 맥락에서 볼 수 있다.

사람이 살지 않는 곳에도 길은 있다

조선총독부 중추원 참의로 온갖 영화를 누리던 최린, 그는 훗날 눈물로 변절을 후회했다고 하지만, 그것은 먼 훗날의 에피소드일 뿐이다. 감옥에 들어가 앉아 있으면서도 꿋꿋한 자세를 굽히지 않았던 만해 한용운 스님의 의지를 새삼 떠올린다.

바람도 없는 공중에 수직(垂直)의 파문을 내이며 고요히 떨어지는 오동잎은 누구의 발자취입니까?

지리한 장마 끝에 서풍에 몰려가는 검은 구름의 터진 틈으로 언뜻언뜻 보이는 푸른 하늘은 누구의 얼굴입니까?

꽃도 잎도 없는 깊은 나무에 푸른 이끼를 거쳐서 옛 탑(塔) 위의 고요한 하늘을 스치는 알 수 없는 향기는 누구의 입김입니까?

근원은 알지도 못할 곳에서 나서 돌뿌리를 울리고 가늘게 흐르는 작은 시내는 구비구비 누구의 노래입니까?

연꽃 같은 발꿈치로 가이 없는 바다를 밟고 옥 같은 손으로 끝없는 하늘을 만지면서 떨어지는 해를 곱게 단장하는 저녁놀은 누구의 시(詩)입니까?

타고 남은 재가 다시 기름이 됩니다. 그칠 줄을 모르고 타는 나의 가슴은 누구의 밤을 지키는 약한 등불입니까?

만해 한용운 스님의 시 〈알 수 없어요〉의 전문이다. 그는 설악산, 내설악의 백담사에서 한 시절을 보내며 우리 한국문단사에 길이 남을 〈님의 침묵〉을 비롯한 시편들을 써냈는데, 〈알 수 없어요〉는 그 시들 중에서도 아주 뛰어난 작품이다.

만해 한용운 스님, 그는 성북동 언덕바지 외진 곳에 작은 기와집을 한 채 짓고 살았다. 그 집은 남향이 아니라 북향으로 지어졌다. 남향 쪽에는 조선총독부(지금의 옛날 중앙청) 건물이 있으므로, 그곳을 보지 않기 위해 햇볕도 잘 들지 않는 북향으로 지은 것이었다. 광복절이 가까워 오는 이 시점에서, 말로 표현하기 힘들 만큼 바르고 꼿꼿하게 살았던 그의 생애를 되새겨 보고 그의 인간적인 면모들을 조명해 보는 것은 어떨까 생각해 본다. 한 사람의 뜨거운 인간으로서의 만해 스님의 면모를 다들 기억해주었으면 하는 마음 간절하다.

모깃불 피워 놓고 마당 한가운데 펴 놓은 멍석 위에 둘러앉아 도란도란 이야기를 나누던 저 어린 날의 기억들을 그대들은 아직도 간직하고 있는가. 천금보화와도 바꿀 수 없는 소중한 기억들을 간직하고 있는가. 모를 일이다. 가을이 조금씩 다가오고 있는 듯한 이 새벽에, 가만히 앉아 산새들의 우짖음을 듣는다.

피서(避暑)와 극서(克暑)

찜통더위, 폭염, 열대야…… 요즈음 매일같이 나도는 말들이다. 과연 덥다. 왜 이처럼 더울까. 작년에도 재작년에도 무더위 때문에 맥을 못 추는 여름을 겪었다. 지구의 온난화 어쩌고 하더니 겨울엔 별로 춥지 않고 여름엔 이처럼 폭염이 기승을 부린다. 이 지구가 정상이 아닌 모양이다. 대단히 병이 들어 치유 불능 상태가 된 모양이다. 미국에도 폭염이 몰아쳐 여럿이 죽거나 입원했다고 하니 비단 이곳만의 문제가 아니다. 골치 아픈 일이 아닐 수 없다. 뭐든지 정상적으로 돌아가야 원만하다. 역리가 아닌 순리로 행해져야만 매사가 바르게 돌아가게 마련이다.

추울 때가 되면 춥고 더울 때가 되면 더운 게 정상이고 순리다. 그런데 추울 때는 춥지가 않고, 더울 때는 그 도를 벗어나 사람을 못 견디게 만들 만큼 혹독하게 더우니 이게 어디 될 법인가. 찜통더위, 폭염, 열대야…… 이것은 완전한 역리다. 모두가 인간이 저지른 과욕과 악업의 소산이다. 인간은 탐욕스러운 동물이다. 인간의 욕망과 못된 악성은 끝이 없다. 화해할 줄 모르고 서로 조그만 이득 때문에 으르렁거린다. 인간사를 돌이켜 보라. 하루도 이 지구상에서 전쟁이 없는 날이 있었는가? 없었다. 지금도 곳곳에서 서로 지지고 볶고 물어뜯고 야단들이다.

이게 인간 본연의 현주소다. 이러하니 지구가, 지구의 환경이 온전할 리 있겠는가. 인간들은 지금 지구의 허파인 아마존 열대우림을 마구 베어내어 숨을 못 쉬게 만들고, 독한 배기가스를 마구 배출하여 오존층을 파괴하고 있다. 순리가 아닌 역리를 쫓는 인간의 사악함이 오늘 이러한 현상을 초래하였다. 뉘우쳐도 늦으리란 유행가 가사처럼 이미 때는 늦었는지도 모른다. 저만 잘 먹고 잘 살면 그만이라는 못된 선입관이 인간들 내면에 도사리고 있는 한 본연으로의 회귀는 불가능하다.

지구를 회생시키는 치료 방법을 찾을 수가 없다. 사태는 더욱더 악화될 뿐이다. 더위를 피하려고, 산으로 바다로 한강 둔치로 수영장으로 인파들은 몰려간다. TV를 보니 모든 곳이 초만원 콩나물시루다. 물놀이하다 물에 빠져죽는 사람도 있다. 물에서 허우적대는 딸을 구하려 뛰어든 아버지가 기진하여 그마저 허우적댄다. 이를 본 아들이 뛰어들었으나 아들마저 물에서 헤어나오지 못한다. 하루아침에 일가족 세 명이 변을 당한 물놀이 사고는 우리를 아연하게 만든다.

어디 이뿐이랴. 크고 작은 사고가 매일처럼 일어나는 요즈음 과연 이 모질고 모진 불볕더위가 언제쯤이나 끝날까 하는 생각을 해 본다. 고통스러운 날들의 연속이다. 옛 사람들은 더위를 피하기보다는 이기려 했다. 흐르는 계곡물에 발을 담그기도 하고 대청마루에 정갈하게 앉아 부채질을 하며 책을 읽기도 했다.

목침을 베고 한숨 자고 일어나 수박 한 조각으로 갈증을 달랜다. 해거름이 되니 더위가 한풀 꺾인다. 피서와 극서. 그렇다. 무더위를 무조건 피하려고만 할 게 아니라 이기려 해 봄이 어떨까.

조금 있으면 선들바람이 불어올 것이다. 초가을 바람이 뜨거워진 대지를 식혀줄 것이다. 언제 그랬냐는 듯 사람들은 그 무덥고 지루했던 여름을 잊고 일상으로 돌아와 평온을 찾을 것이다. 그게 우리네의 삶이다. 그게 생로병사의 굴레 속에 갇혀 허둥대는 우리네 인간사다. 산사의 법당에서는 무더위를 무릅쓰고 천배 삼천배를 올리는 불자들의 모습을 자주 볼 수 있다. 극서(克暑), 극기(克己)를 하면서 자신을 다독거리는 좋은 모습들이 아닐 수 없다.

개차법

불가에는 일찍부터 개차법(開遮法)이 있어 왔다. 개차법이란 말 그대로 열고 닫는 법칙이라는 뜻이다. 열고 닫는다…… 얼핏 보면 아주 단순하고 별 어려울 것도 없고 그저 일상적으로 문을 열고 나갔다 닫는 것과 비슷하다고 여겨질지 모르지만 실상은 그렇지가 않다.

개차법은 아주 오랜 고심 끝에 긴 시간을 갖고 원려숙고를 거쳐 만들어진 것이다. 열고 닫는 것이 그렇게 쉬운 게 아님을 짚고 넘어가야 한다. 개차법은 종이의 양면과 같아서, 같으면서도 또한 같지 않다. 그러한 것에 개차법의 아이러니가 있고 묘미가 있다. 무엇이든 잘 가려서 움직이고 시행하면 별반 착오가 없을지라도, 가벼이 행하게 되면 어떤 모서리에서랄지라도 흠이 생기게 마련이다. 이 흠을 미연에 방지

하고 좋은 쪽으로 나아가고자 함이 개차법의 이면에 숨어 있는 보람이고 또한 커다란 고충이다.

사람이란 누구나 완벽하지 못하다. 그 불완전한 면면들을 뜯어고치고 다듬고 무두질하기 위해 스승이 있고 학문이 있고 도가 존재한다. 좋은 스승을 만나 가르침을 받으면 허튼 길로 내몰리지 않고 정도를 밟을 수 있다. 그리고 좋은 벗을 만나면 서로 탁마하고 채찍질하여 동반의 길로 나아가 선하고 어질게 살 수 있다. 그러하나 세사(世事)가 어디 마음먹은 대로 이루어질 수가 있겠는가. 살다 보면 자신도 모르게 옆길로 빠질 수 있고 나쁜 일에 몸담을 수도 있다. 어떻게 하면 그것을 빨리 자각하여 손을 떼고 몸을 빼낼 수 있는가가 관건일 따름이다.

병을 제대로 알고 약을 써야 효험을 볼 수 있지 않겠는가. 진맥을 제대로 하지 못하여 엉뚱한 약을 쓰면 그야말로 백약이 무효다. 좋은 스승과 좋은 벗은 현명한 의사요, 훌륭한 약이라 하겠다.

갠 날 푸른 하늘도 문득 변하여 우레 울고 번개 치며, 돌개바람 불고 소나기 쏟아지는 하늘도 갑자기 밝은 달 뜬 맑은 하늘이 되니, 천지의 작용이 어찌 한결같을 수 있으리. 털끝만 한 걸림 때문에 이 변화가 일어나는데 하늘이 어찌 변함이 없으리. 털끝만 한 막힘 때문에 이 변화가 생기니, 사람의 마음바탕도 마땅히 이와 같을진저.

사람이란 누구나 완벽하지 못하다.
　　그 불완전한 면면들을 뜯어고치고 다듬고 무두질하기 위해
　　스승이 있고 학문이 있고 도가 존재한다.

옛 사람의 이름이 가히 이와 같다. 사람의 마음바탕이 늘 제자리에 머물러 있는 게 아님을 알아야 한다. 그 때문에 늘 주변을 청결하게 해야 한다. 병이 들어 꼭 고기를 먹어야 소생한다면 그리 함이 마땅하다. 약주 한 병으로 몸속의 화기를 달래 평온해질 수 있다면 또한 그리 해도 큰 무리라고 할 수는 없다. 다만 그것이 지나치면 폐해가 생기니 삼가야 한다는 것이다. 계율을 지키고 열고 닫음이 이와 같아야 함을 수행자들은 늘 마음속에 새기고 있어야 마땅하다.

개차법, 종이의 양면과도 같은 묘하고도 어려운 이 법을, 또한 없어서는 안 될 이 법을 잘 지키고 운용해 나가야 하는 것이 오늘날의 화두다. 아무리 잘 만들어 놓고 보완해 놓아도 그것을 제대로 지키고 운용하지 못한다면 그 법은 없느니만 못하다.

세상이 자꾸 복잡하고 혼란스러워진다. 어제가 다르고, 아침에 눈을 뜨면 또 오늘이 다르다. 이런 때일수록 명징한 심혼(心魂)을 북돋우고 일깨워 오탁에 물들지 않고 항시 상승하고 상승하는 이류를 타야 옳다. 개차법이란 말 자체가 없어진다면 오죽 좋으랴만, 아무런 쓸모가 없다면 백 번 천 번 좋으랴만, 세상 돌아가는 게 어디 그렇게만 되는가. 외골수 치우침보다는 뒤로 좀 물러앉아 넉넉함을 갖는 게 좋다. 그래서 개차법이 있어 왔는지도 모르겠다.

지현

스님은 경북 봉화의 청량산 청량사 주지 소임을 보시다
현재는 대한불교조계종 조계사 주지로 재임 중이다.
저서로는 《바람이 소리를 만나면》 등이 있다.

사람이 살지 않는 곳에도 길은 있다

1판 1쇄 인쇄   2007년 7월 10일
1판 10쇄 펴냄   2021년 4월 26일

지은이   지현
펴낸이   정지현
펴낸곳   아름다운인연
출판등록   제2003-000120호
등록일자   2003년 7월 3일

주소   서울시 종로구 삼봉로 81 두산위브파빌리온 232호
전화 (02)720-6107~9
팩스 (02)733-6708
구입문의   불교전문서점 향전(www.jbbook.co.kr)
02)2031-2070~1

ISBN 978-89-955178-8-8 03810

값 10,000원

※도서출판 아름다운인연은 (주)조계종출판사의 자회사입니다.